LOTHAR BERG
BÄNG!

AF176731

Lothar Berg

BÄNG!

Skurriles – Absurdes – Tödliches

Geschichten und brachiale Poesie

Umschlaggestaltung: Photo und Grafik Thorsten Wiemer

Coverbild/Model: Sascha Mainitz, Fotos innen: Horst Gottwald

2. Auflage 2020

Bibliografische Information der Deutschen Nationalbibliothek

Die Deutsche Nationalbibliothek verzeichnet diese Publikation in der Deutschen Nationalbibliothek; detaillierte bibliografische Daten sind im Internet über http/dnb.de-nb.de abrufbar.

Herstellung und Verlag: BoD – Books on Demand, Norderstedt

ISBN 978-3-7526-2483-0

Alle Personen und Namen innerhalb dieses Buches sind frei erfunden.
Ähnlichkeiten mit le[...]icht beabsichtigt.

Inhalt

Der Tod macht uns alle gleich,
nur das Leben sät Zwietracht!
(Lothar Berg)

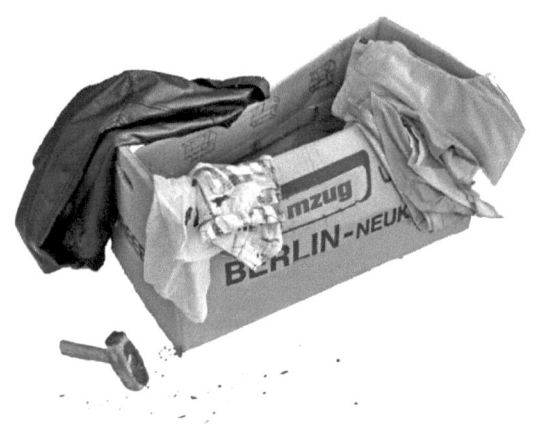

Gewalt ist keine Lösung

Neun Kerzen sind die letzten guten Erinnerungen, die ich an früher habe. Das heißt aber nicht, dass ich keine Hoffnung gehabt hätte.

Tief Luft holen, nur einmal pusten, wenn der Wunsch in Erfüllung gehen soll. Während ich die Luft in meine kleine Lunge pumpte, blinzelte ich durch die Panoramascheibe in den Garten. Alles war geschmückt, der Grill qualmte und mein Vater jonglierte gerade auf einem Tablett Getränke.

Pffft! Alle Neune, mit nur einem Luftzug!

„Alles Gute zum Geburtstag!" „Wünsch dir was!" „Gesundheit mein Junge und ein glückliches Leben!" „Hoch, hoch, hoch!" „Auf das Geburtstagskind!"

Alle riefen durcheinander, die Nachbarskinder, die Schulkameraden, Oma, Mutter, Tante, Opa, Onkel und alle, die da waren.

„Na los, alle raus jetzt, es gibt Würstchen und Cola!" Die Bande stürmte unkontrolliert in den Garten und übernahm die Regentschaft im Grünen.

Meine Mutter hielt mich zurück, drückte mich an ihre weiche Brust. Ich roch den herrlichen Duft von frischer Seife und spürte ihren Atem an meinem Ohr „Mein kleiner Liebling, ich wünsche dir, dass du immer so glücklich wie heute sein wirst!" Ihre Lippen küssten meine Stirn, meine

Nase und meinen Mund. Hoffentlich hatten das meine Freunde nicht gesehen. Mutter lachte, nahm eine Serviette, feuchtete sie mit Spucke an und wischte den Lippenstift aus meinem Gesicht. Die kleinen Falten um ihre Augen legten sich zusammen und ihr Lächeln entblößte eine Reihe weißer Zähne. Mutter gab mir einen Klaps auf den Hintern „Na los, nu lauf schon!" Endlich. Ich lief in den Garten zu Uli, Gerd, Martina, Rolf, Marcel, Susanne, Roswitha und all die anderen, die bewundernd um mein neues Fahrrad standen. Es hatte nicht drei oder fünf, nein, es hatte zwölf Gänge. Auf dem Tisch daneben stapelten sich die anderen Geschenke.

***

„Wir schaffen das schon. Das liegt nur an der neuen Geschäftsleitung!", hörte ich ein halbes Jahr später meine Mutter sagen. Sie saß mit Vater auf der Veranda. Mein Fenster im ersten Stock war wegen der Hitze auf.

„Nächste Woche kommt ein Motivator und die Computerprogramme werden getauscht. Sie haben mich jetzt in die Asienregion gesteckt!" Vater hörte sich anders als üblich an, wenn er mit seinen Ratschlägen Lebenshilfen verteilte. „Ach Heinz, das ist nur vorübergehend. Du wirst sehen. Zwanzig Jahre Erfahrung sind nicht mit Programmen zu ersetzen."

Ich verstand nichts. War mir auch egal, übermorgen fuhr ich mit der Klasse nach Rom und morgen würde Mutter mir das moderne Kofferset und den neuen Trainingsanzug kaufen.

***

Der Junge bleibt auf der Schule. Bildung ist das höchste Gut. Das wird ihm das Leben leichter machen. Da müssen wir uns eben einschränken!" Vater stand in der Tür zur Küche, wo Mutter mit verweintem Gesicht die Kartons packte. Sie nickte stumm. „Wir ziehen nur kurzfristig um, bis die neuen Abteilungsleiterposten besetzt sind, da bin ich sicher dabei. Hat mir Herr Schiermer schon signalisiert." Mutter nickte wieder und klappte einen neuen Umzugskarton auf. „Die Beförderungen sind erst zum zweiten Quartal des nächsten Jahres angesetzt." Vater wirkte irgendwie hilflos. So kannte ich ihn nicht. „Die Bank will aber nicht warten...". Das Gespräch war mir zu langweilig und ich lief nach draußen, wo der riesige LKW rückwärts in unsere Einfahrt setze.

***

Die neue Bleibe war scheußlich, die Straße war scheußlich, die Nachbarn waren scheußlich, alles war scheußlich. Wir hatten kein Haus mehr, wir wohnten in einer hässlichen Vierzimmerwohnung. Über uns die Frau im Minirock, die auch in der Wohnung nicht ihre Absatzschuhe auszog. „Da müssen wir uns daran gewöhnen. Wir sind die Neuen. Es ist ja nicht für lange", sagte mein Vater, wenn Mutter sich die Ohren zuhielt. Unter uns der dicke Mann, der mit der Zunge schnalzte und sich über die wulstigen Lippen leckte, wenn er Mutter sah. „Achtet einfach nicht darauf, der weiß es nicht besser. Das kommt davon, wenn man nichts lernt."

11

Der Keller wurde aufgebrochen und außer meinem Fahrrad fehlten noch einige der Umzugskisten. Auch die mit den Fotoalben und dem Geschirr von Oma. Mutter weinte, aber Vater tröstete sie „Weißt du, das sind ganz arme Menschen, die das gemacht haben. Die haben noch weniger wie wir. Die wissen nicht, was sie tun. Vielleicht hat ihnen das geholfen."

In meiner Schule war nichts wie vorher. Ich trug keine trendy Klamotten mehr, konnte nicht mehr überall teilnehmen. Die Klassenfahrt im Winter musste ich ausfallen lassen. Auf dem Schulhof wurde ich schüchtern gegrüßt, aber niemand blieb bei mir stehen oder lud mich ein, zu ihm zu kommen. „Junge, das sind oberflächliche Menschen. Gut, dass du das früh genug kennen lernst. Die haben nur deine Sachen gemocht. Dich selbst, aber nicht", klärte mich Vater auf.

Eine Woche später stand mein Fahrrad an der Ecke beim Eiscafé. Als ich es mir nehmen wollte, kam ein älterer Junge, gab mir eine Ohrfeige. „Junge, prügeln bringt nichts", hatte ich von Vater gelernt, "das tun nur ganz dumme Menschen. Dazu sind wir zu schlau." Ich habe die Prügel runtergeschluckt und bin zur Polizei gegangen. „Wie hieß der Junge? Wie sah er aus? Kannst du beweisen, dass das dein Fahrrad war? Schick deinen Vater mal her, der soll die Anzeige machen."

Verwirrt starrte ich den Beamten an. Ich war zehn Jahre alt. Vater ging mit mir weder zum Eiscafé, noch zur Polizei. „Junge, das bringt doch nichts. Die Quittung ist mit den Umzugskartons aus dem Keller gestohlen worden und sicher haben die das Fahrrad jetzt anders angestrichen."

12

***

Ich ahnte noch nichts, als Vater den dritten Morgen zu Hause saß. Mutter starrte stumm auf den Tisch und Vater raschelte mit der Zeitung. „Papa, Papa, warum bist du denn zu Hause? Hast du Urlaub?" „Sei ruhig, Junge. Mach dich fertig für die Schule, damit etwas aus dir wird!".

Papa blieb jeden Tag zu Hause und sein Kaffee roch nach Cognac. Als er die Tasse gegen ein Glas tauschte, war der Kaffeegeruch ganz weg.

Mutter suchte sich erst eine Arbeit, dann eine zweite dazu.

Wir zogen wieder um, in die Mau Mau Siedlung am Stadtrand. Nur für ein paar Wochen, wie Vater sagte. Zweieinhalbzimmer im Achten. Ich fürchtete mich. Schreckliche Dinge hatte ich von hier gehört. „Keine Angst Junge", beruhigte Vater mich, „Ein intelligenter Mensch findet immer seinen Weg."

„Entschuldigen sie, aber das ist mein Parkplatz." Stolz stand mein Vater vor dem tätowierten Kerl, der sich mit seinem Wagen in den Parkplatz gedrängelt hatte, in dem mein Vater gerade einfädeln wollte. „Laut Straßenverkehrsordnung hat derjenige das Recht ..." PATSCH! Mein Vater taumelte zurück, als ihn die Ohrfeige traf. Seine Brille flog ihm vom Kopf, ein Glas zersplitterte am Boden. „Verpiss dich, du Arschloch. Wenn du die Bullen rufst, steck ich deine Karre an, du Pisser!"

Wir schleppten den Einkauf fünfhundert Meter weit, die Tüten schnitten in meinen Handflächen. „Der Klügere gibt nach, mein Junge. Es macht keinen Sinn sich auf dasselbe

13

Niveau zu begeben, " kommentierte Vater den Vorfall. Mutter sagte nichts.

In der neuen Schule war alles anders. Hier fiel ich selbst mit meinen getragenen Sachen noch auf. In den ersten Wochen büßte ich mehrere Jacken, zwei Schultaschen und ein Paar Turnschuhe ein.

„Bist du völlig durchgedreht? Reicht es nicht, dass du säufst? Jetzt verkaufst du auch noch das Auto für diesen Mist? Kümmere dich lieber um eine Arbeit. Im Supermarkt suchen sie!" Mutter betrachtete von der Küche aus, wie Vater die vielen Kartons auspackte. „Schatz, ich gehe nicht für acht Euro arbeiten. Ich habe etwas gelernt. Ich bin eine Fachkraft. Ich mache mich mit einem Home-Office selbstständig, als Web-Designer." „Du warst Web-Designer. Da bist Du geflogen!" PENG! Die Tür war zu.

Die Siedlung blieb Feindesland. Man schubste mich, trat mir die Einkauftüten kaputt, spukte mich an oder hetzte die Hunde hinter mir her.

„Junge, du machst etwas falsch. Du musst ihnen zeigen, dass du sie magst." „Junge, die Menschen sind unterschiedlich, sie verstehen die Zeichen nicht immer gleich." „Junge, gebe ihnen eine Chance, sie haben nicht dieselbe Bildung, wie wir." Vater saß in Trainingshose und ärmellosen Unterhemd vor dem Computer.

**

„Die Leute hier sind einfach dumm!" Vater stand zwischen den blauen Mülltüten auf dem Balkon. „Nun seht euch den

14

da an. Wie blöd muss man sein? Er trägt jeden Eimer Wasser gute acht Meter zum Auto, um es zu waschen, anstatt gleich vor der Pumpe zu parken." Er nahm einen Schluck aus der Flasche. „Oder gestern, da sind die Neuen eingezogen. Jeder hat ein Teil in den Zweiten geschleppt. Besser wäre es gewesen eine Kette auf der Treppe bilden. Das ist Ökonomie. Mensch, einfach nur den Kopf einschalten." Mutter schälte Kartoffeln, hob den Kopf und beobachtete ihn.

Auf dem Parkplatz fuhr der Tätowierte seinen Wagen direkt vor die Pumpe und grüßte den anderen Autowäscher freundlich.

„Letzte Woche, im Einkaufsmarkt. So eine Hilfskraft. Räumt die leeren Kartons einzeln weg. Statt sie gleich klein zu machen und alle zusammen rauszubringen, nein er ..." „Hör auf Heinz, hör einfach auf. Warum verkaufst du ihnen nicht deine Ideen? Oder noch besser, warum machst du es ihnen nicht gleich vor? Aber lass uns hier mit deinen Sprüchen in Ruhe". Mutter knallte das Messer auf den Tisch und ging in die Küche. Vater machte eine verständnisvolle Geste „Junge, Frauen ticken einfach anders. Merke dir, Intelligenz kann man nicht kaufen, man muss sie bezahlen."

Ich traf Ulrike zum dritten Mal. Heimlich. Immer an den Mülltonnen. Ulrike trug eine Brille und kurze braune Haare. Ihre Brüste zeichneten sich unter dem engen T-Shirt deutlich ab. Mein Hals war trocken und ich wusste nicht, wo ich hinsehen sollte. Ich hatte Ulrike Schularbeiten zum Abschreiben gegeben und ein anderes Mal ein Buch mitgebracht.

15

Wir sahen zusammen hinein und ihre Brüste pressten sich gegen meinen Oberarm, wenn sie lachte, rieben sie sich an meiner Haut. Ich roch Ulrikes Haar. Ulrike lutschte an dem Eis, das ich ihr mit dem neuen Buch mitgebracht hatte. Ich hatte ewig genörgelt und versprechen müssen, heute Abend zu bügeln, bis Mutter mir den Euro endlich bewilligte. Ein wenig Eis war auf Ulrikes T-Shirt gekleckert und bildete einen feuchten Fleck auf der rechten Seite, wo sich ein kleiner Knubbel durch den Stoff drückte.

Sie leckte an der Kugel. Fasziniert starrte ich auf ihre Zunge, die immer wieder zwischen den Lippen hervorschnellte. Gerade nahm ich allen Mut zusammen, als es in meinem Rücken klingelte. Der Fahrraddieb stand mit einem anderen Rad hinter mir. „Na los Uli, wir fahren baden": Er fragte nicht, er bestimmte. Mir zitterten die Knie und ich sah wieder zu Ulrike. „Also, was ich fragen wollte ..." Ein Stoß lies mich gegen die Mülltonnen stolpern.

„Zeig mal her, was ist denn das für ein Quatsch?" Der Junge blätterte in dem Buch, das für Ulrike gewesen war, „Was für'n Scheiß! Ist das von dem Spast da?" Sie nickte, nicht ängstlich, sondern neugierig. „Das ist „Die Welle" ... er schlug mir mit dem Buch auf den Kopf ..."von Morton Rhue", stotterte ich und versuchte in Deckung zu gehen. Mein Blick glitt zu Ulrike.

Ihre Zunge spielte zwischen ihren Zähnen. BÄNG! Wieder das Buch an meinem Kopf. „Lesen macht stark", hatte mein Vater mir immer gesagt. Aber das half mir jetzt nicht. Der Boxhieb brachte mich in die Hocke, Tränen stiegen in meinen Augen auf. „Was ist jetzt?" Der Junge zeigte auf den Gepäckträger. Ulrike warf mir noch einen Blick zu, den ich

16

nicht deuten konnte. Abwartend? Hilfesuchend? Mitleidig? „Ist das Eis auch von der Kröte?" Er nahm ihr das Eis aus der Hand, sie nickte und er biss die Kugel mit einem Teil vom Hörnchen ab.

Seine Mundwinkel verzogen sich unnatürlich, dann spuckte er mir das Eis mitten in mein Gesicht, das Buch landet neben mir in Essensresten und gebrauchten Slipeinlagen. Sein Lachen klang gemein. Ulrike setzte sich auf den Gepäckträger, legte die Arme um ihn und er fuhr mit ihr davon.

„Das sind Flittchen, Junge, ganz arme Menschen. Das wirst du noch begreifen. Du hast heute nichts verloren, sondern etwas gewonnen. Und der Bengel wird später einmal ganz einsam sein." Vater nickte zu seinen Worten, sah mich über den Brillenrand an. Neben ihm stapelten sich unzählige Blätter mit Entwürfen von Geschäftsideen, mit Kommentaren an Politiker, mit Verbesserungsvorschlägen und Kritiken.

***

Wir wohnen noch immer in der Mau Mau Siedlung. Vater überlegt, ob er noch einmal studieren soll und Mutter ist immer seltener zu Hause. Ich glaube sie kommt nur noch wegen mir. Die Tage sind nicht besser geworden. Ich versuche, so wenig wie möglich draußen zu sein. In der Schule mache ich mich so unsichtbar wie es nur geht.

Sonntag ist Muttertag. Ich habe das Leergut vom Balkon genommen und gerade weggebracht, damit ich mit dem Geld Mutter ein paar Blumen kaufen kann. Ich habe es durch

17

den Regen geschafft und das Treppenhaus erreicht. Vor dem Fahrstuhl packen mich Angst und Panik, als ich den Zigarettenrauch rieche. Sie stehen hinter der Ecke. Jetzt leise zu Fuß die Treppe hoch, damit der Fahrstuhl sie nicht aufmerksam macht. Vier, fünf Schritte ... ZACK, ein Tritt haut mir die Füße weg. Ich fliege gegen die Wand, meine Hand prallt auf eine Treppenstufe, öffnet sich und das Geld klimpert über den Beton. „Bingo!" tönt es. Sie beachten mich nicht einmal, sammeln die Münzen ein. Ich versuche einen Einwand …

ABER …

„Verpiss dich, sonst gibt's auf die Fresse, Idiot!"

Tränen schießen mir in die Augen. „Junge, der Klügere gibt auf", hat Vater mich gelehrt. „Gewalt ist die Zuflucht der Dummen".

Ich schaffe es bis in den dritten Stock, setze mich dort auf die Stufen und lasse den Tränen freien Lauf. Die Tür zum nächsten Gang ist nur zu einem Teil zu. Stimmen werden laut. Eine Frau keift „Warum denn nicht? Du hast es versprochen!" Der Bass übertönt sie „Halt dein Maul, du dumme Kuh. Was soll ich mit so einer Schlampe wie dir?" Die Tür wird geöffnet und eine Frauengestalt stolpert auf den Gang. Mutters Haare sind zerzaust, sie knüpft ihre Bluse zu. „Du Schwein, Du Penner, ich zeig dich an...!"

Eine Reisetasche fliegt ihr hinterher, platzt auf und Wäsche verteilt sich auf dem Boden. Der Tätowierte erscheint nur in Turnhose auf dem Flur, schubst Mutter wieder. Sie tritt nach ihm, spuckt. „Verpiss dich, blöde Fotze!" Er schlägt Mutter ins Gesicht, sie prallt gegen die Wand, aus ihrer Nase tropft

Blut, sie stürzt auf die Knie. Der Mann knallt die Tür zu. Mutter kriecht auf allen Vieren zu der Tür, klopft leise, lehnt den Kopf dagegen. „Bitte mach auf, komm, sei doch nicht so!"

Ich will das nicht sehen.

Vater sitzt vor der Glotze, ein Glas in der Hand und sieht sich eine wissenschaftliche Sendung an. „Papa, du musst mitkommen, Mama ...!" Ich breche ab, er hat die Hand gehoben. Er weiß alles, will nicht darüber sprechen. Gibt sich verständnisvoll „Du darfst sie nicht verurteilen, mein Junge. Der Schwache kann nicht verzeihen, verzeihen ist eine Eigenschaft des Starken".

Ich bin nicht so stark wie Vater und gehe in die Küche. Als ich zurückkomme habe ich den Hammer in der Hand. Auf Vaters Kopf schimmert eine kahle Stelle durch die dünnen Haare. Beim ersten Schlag gibt er einen überraschten Laut von sich, beim Zweiten stöhnt er, beim Dritten höre ich nur noch das schmatzende Geräusch, als der Hammer auf den Kopf trifft und während der nächsten 23 Schläge mit dem Hammer rauscht es in meinen Ohren.

„Gewalt ist keine Lösung" hat Vater immer gesagt. „Aber eine Möglichkeit", füge ich hinzu und endlich höre ich ihn nicht mehr.

Ich bin zwölf Jahre alt. Sie haben mich in eine geschlossene psychiatrische Abteilung gesteckt. Sie wollen feststellen, ob ich eine Gefahr für die Allgemeinheit darstelle.

19

Moloch

In den Schluchten aus Beton und Glas
Zwischen Edelküchen und Billigfraß
Auf Hinterhöfen und nassem Asphalt
Sind alle gleich, da regiert die Gewalt

Großstadt, Moloch, mit Promis und Gelichter
Metropole, Hauptstadt mit zwei Gesichter

Hinter dem Boulevard, in kleinen Gassen
Zwischen Müll, auf billigen Matratzen
Ohne Sekt und ohne Premierenfeier
Bedient Jeanette den nächsten Freier

Großstadt, Moloch, mit Promis und Gelichter
Metropole, Hauptstadt mit zwei Gesichter

Im kleinen Hause am Rande der Stadt
Hat er Frau und Kinder umgebracht
Von den Großen ward er geschluckt
Und das System, es hat zugeguckt

Großstadt, Moloch, mit Promis und Gelichter
Metropole, Hauptstadt mit zwei Gesichter

Vor edlen Cafés und teuren Läden
Hat sie gestaunt, in den Augen Tränen
Ohne Schmuck, das Haar nicht geleckt
Mit kleiner Rente, ist sie still verreckt

Großstadt, Moloch, mit Promis und Gelichter
Metropole, Hauptstadt mit zwei Gesichter

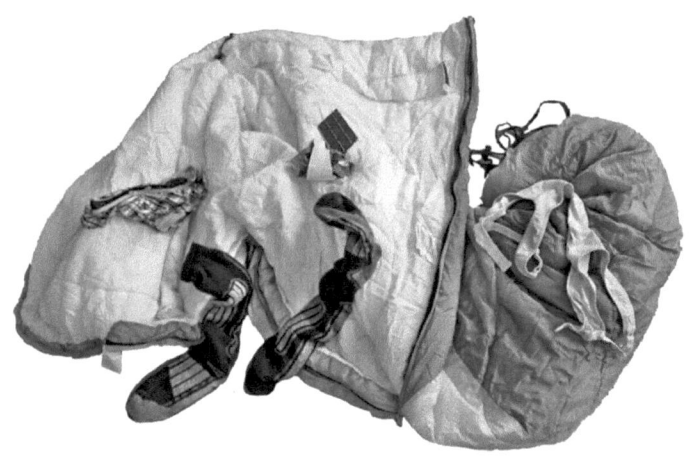

Zärtlichkeit

Zuerst ist es nur ein kühles Gefühl und Ingrid krümmt ihre Fußsohle so, dass sie die Laufsohle nicht mehr berührt. Ingrid weiß, dass es nur ein trügerischer Moment ist, der ihr die Illusion gibt, dass der einsetzende Regen nicht ihre Socke durchnässt.

Das ausgetretene Paar Turnschuhe ist schon undicht gewesen, als sie es vor sechs Wochen aus dem Container in der Neubausiedlung gezogen hat. Genau ihre Größe – 38.

Der Himmel zeigt sich dunkel zwischen den Lücken in den Bauten der Großstadt. Das Wasser stürzt herab, ergießt sich über den Asphalt und wirft ein gespenstisches Spiegelbild in die Abenddämmerung. Innerhalb von Minuten scheint die Welt in einer Sintflut zu ertrinken.

Ingrid hat aufgegeben, sich gegen die Nässe zu wehren. Mit einem provozierenden, schmatzenden Geräusch wird jeder ihrer Schritte begleitet, die Socke ist nass und Ingrid hat das Gefühl, als staue sich das Wasser im Inneren des Schuhs. Gott sei Dank ist sie bereits auf dem Grundstück des Abbruchhauses. Mit einem Seufzer der Erleichterung nimmt sie den Geruch des Feuers wahr, als sie mit ihrem Rucksack über die bemooste Treppe hinunter, in den verschimmelten Kellereingang stolpert.

***

„Hast du heute was getroffen?", fragt Willi ohne sich umzudrehen. Er stochert in dem kleinen Feuer.

„Vierneunundsechzig," gibt Ingrid zurück, „ein paar leere Flaschen und was vom Betteln." Sie wirft ihren Rucksack neben die versiffte Matratze, lässt sich fallen.

„Hasse 'ne Pulle?" Willi dreht sich um. Der offene Mund mit den Zahnstummeln und die Eiterpickel in seinem Gesicht leuchten geheimnisvoll im Feuerschein. Ingrid schüttelt stumm mit dem Kopf, aus ihren grauen verfilzten Haaren fallen Wassertropfen auf die Erde. Sie zieht ihre Schuhe aus, rollt die Socken hinunter und betrachtet ihre offenen Beine. Sie müsste mal wieder zum medizinischen Dienst gehen, die Salbe ist schon seit Wochen alle. Willi murmelt irgendetwas und nimmt ihr die Socken ab, zieht sie auf zwei Stöcke und stellt sie in die Nähe des Feuers.

„Na komm, iss ein wenig." Er zieht aus der Tasche seines verdreckten Mantels ein angebissenes Butterbrot. Mit langen, gelben Fingernägeln hält er es Ingrid hin, die es gierig nimmt und es sich innerhalb von Sekunden in den Mund stopft.

Sie würgt, hustet und schluckt. Willi schiebt die schmierige Flasche zu ihr rüber

„Aber nur einen Schluck!" mahnt er und beobachtet sie misstrauisch. Ingrid nimmt zwei Schlucke von dem undefinierbaren Getränk, bevor ihr Willi die Flasche vom Mund reißt, was ein klirrendes Geräusch zwischen den Zähnen zu Folge hat.

„Vierneunundsechzig", Willi nimmt einen Schluck, „Vielleicht holen wir uns nachher noch`n Tetrapack Roten? Den können wir warm machen." Ingrid nickt abwesend. Als sie die Decke aus der Ecke nimmt, taucht darunter ein Haufen Fäkalien auf, daneben beschmutztes Zeitungspapier.

„Kannst du nicht irgendwo anders hinscheißen!" Willi zuckt mit den Achseln, setzt sich auf den Styroporwürfel am Feuer und pult aus gesammelten Zigarettenkippen den Tabak heraus. Auf der Treppe poltert es.

***

Die verrostete Eisentür des ehemaligen Luftschutzraumes quietscht und eine große, fette Gestalt zwängt sich hinein. Die Kleidung ist vollkommen durchnässt.

„Bernard!", dröhnt sein Bass in den Raum, „Komm ganz zufällig vorbei. Will nur den Regen abwarten". Misstrauisch schielt er zu Willi, der ihn mit der leeren Flasche in der Hand lauernd ansieht. Willi nickt: „Na gut, aber nur für den Regen."

Bernard lächelt, seine Mund ist voller verfaulter schwarzer Stummel. Er reißt sich die Jacke von den Schultern, zieht die Schuhe aus. Auch das Hemd ist nass, er streift es ab. Für einen Moment wartet er zögernd, dann nimmt er seinen Seesack und setzt sich neben Ingrid auf die Matratze, nah an das Feuer. Mit einer Hand kramt er in dem Seesack herum, die mit einer Pulle Korn wieder auftaucht. Bernards Lachen ist selbstbewusst.

„Na? Auch nen Schluck?" Willi nimmt ihm die Flasche weg, setzt sie an, trinkt gierig und gibt sie an Ingrid weiter. Bernards Hand taucht erneut in den Seesack und kommt mit

25

Aktiven wieder zum Vorschein, Rothändle. „Hier, ich schmeiß ne Runde".

***

Die Pulle Korn ist alle und Bernard hat noch eine 2 Liter Flasche Lambrusco spendiert, sein Seesack scheint ein Füllhorn zu sein. Willi hält die Pulle glücklich zwischen seinen Knien geklemmt und steckt sich eine Rothändle an.

Bernard hat sich näher zu Ingrid gesetzt, befummelt ihre Brüste und bemüht sich, ihre Brustwarzen mit seinen klebrigen Fingern steif zu bekommen. Seine Zunge leckt ihr am Hals und am Ohr. Sein Atem riecht faulig, mit einer Mischung aus Suff, Zigaretten und Knoblauch. Ingrids Titten hängen schlaff unter dem T-Shirt heraus. Bernard dreht Ingrid auf die Seite, so dass sie ihm den Rücken zudreht und versucht mit einer Hand unter den Rock zu kommen. Ingrid wehrt seine Hand: „Hör auf, ich hab Hunger!"

Bernard lacht, nimmt die Hand zurück und greift in den Seesack, zaubert eine Tafel Schokolade hervor. Vollmilch. Ingrid reißt sie ihm weg, dreht sich auf die Seite. Mit ihren kranken Zähnen kann sie nicht abbeißen und so lutscht sie an der Tafel rum, während Bernards Hand vordringt.

„Heee, jetzt ist aber genug", meldet Willi Protest an, bevor ihn ein Päckchen Tabak und ein Flachmann 40-Prozentigen tolerant stimmen.

Bernard ist am Ziel. Seine Finger haben den Schlüpfer beiseite gezerrt, jetzt kneten, reiben und quetschen sie Ingrids Schamlippen und Kitzler. Es tut ihr weh. Der Pilz. Ein

Schluck Schnaps. Ihr Mund ist mit Schokolade verschmiert. Bernard ist soweit, er setzt zum Endspurt an und stochert mit seinem Harten irgendwo zwischen Ingrids Arschbacken und ihren Oberschenkeln rum.

Sein Mund steht offen und ein wenig Speichel tropft aus dem Mundwinkel. Sein Stöhnen wird lauter, wird nur von Willis Rülpser übertönt. Dann wird es klebrig feucht zwischen ihren Beinen. Bernard grunzt befriedigt, knöpft die Hose zu. „Der Regen hat aufgehört, ich hau ab", vermeldet er und zieht sich an. Ingrid steht auf, geht in den Kellergang, erleichtert sich, lutscht dabei an der Schokolade. Bernard strebt dem Ausgang zu, sieht sie dort hocken, reißt ihr das letzte Viertel der Schokolade aus den Händen.

„Schlampe!", er stopft sich das Süßzeug selbst in den Mund.

Im Raum sitzt Willi auf der Matratze. Ingrid kuschelt sich an seine magere Brust und Willi reicht ihr den letzten Schluck aus dem Flachmann.

„Für dich!" Mit einer Hand glättet er ihre grauen Strähnen und steckt Ingrid mit der anderen eine Zigarette in den Mund. Irgendetwas rollt über ihre Wangen, fällt feucht auf seine Hand.

Angst

Verloren die Liebe, an die er geglaubt
All seine Träume hat sie ihm geraubt
Schlaflose Nächte voll Hass verbracht
Steht er jetzt an der Tür - jede Nacht

Frage nicht und urteile nicht,
Was weißt denn schon du, von der Angst vor der Nacht

Stark gewesen und gelebt für die Schlacht, Nix
andres gelernt, nix andres gemacht.
Jahrelang immer nur ein Krieger gewesen,
Verdient er das Gnadenbrot hinterm Tresen

Frage nicht und urteile nicht,
Was weißt denn schon du, von der Angst vor der Nacht

Dreimal geblitzt und dreimal gekracht
Drei Tote haben ihm Lebenslang gebracht.
Er will nicht schlafen, wird nie wieder heiter.
Sie sind nicht tot, in ihm leben sie weiter

Frage nicht und urteile nicht,
Was weißt denn schon du, von der Angst vor der Nacht

Du lebst in Ruhe und ohne Eile
Sie tötet dich, diese Langeweile
Sie rufen dich abends zur selben Zeit
Deine Dämonen der Vergangenheit

Frage nicht und urteile nicht,
Was weißt denn schon du, von der Angst vor der Nacht

Bodenlage

Dieser Nachmittag fing total beschissen an. Ich wurde wach und hatte einen miesen Geschmack im Hals und Kohldampf in den Innereien. Durst quälte mich in meinen Gehirnwindungen.

Von der ausgeklappten Doppelcouch aus starrte ich auf den Tisch, der überladen war mit leeren Flaschen, Zigarettenschachteln und Kippen, von denen einige in den kalten Resten eines halben Brathähnchen steckten. Noch mit verklebten Augenlidern und einem unklaren Blick teilte ich die Nikotinstummel in Unbrauchbare, Ein- oder Zweizüger und halbe Zigaretten auf.

Am Fußende schob sich ein schwarzer Kopf auf die Couch, dunkle Augen blickten mich feucht und erwartungsvoll an. Ich lächelte und streckte die Hand aus.

Cora, meine schwarze belgische Schäferhündin, erhob sich ganz und kam schwanzwedelnd zum Kopfende, steckte ihre feuchte Schnauze unter meine Achsel und lies sich kraulen.

Ich walkte sie durch, bis sie fiepte. Schon gut, sie war die einzige Alte, der ich nicht widerstehen konnte. Unbeholfen stand ich auf, stieß gegen den Tisch, so dass einige Flaschen auf den Boden fielen, ein paar Essensreste vom Italiener rutschten nach und verteilten sich auf dem Boden.

Mühsam, mich mit den Händen immer wieder abstützend, humpelte ich in das Wohnzimmer und öffnete das Parterrefenster. Cora sprang mit einem Satz hinaus. Sie

31

würde jetzt ein wenig umherstreunen, sich hier und da etwas zum Essen erbetteln oder vielleicht auch 'nen kleinen Happen erbeuten. Ab und zu hatte sie schon mal 'ne kleine Katze, 'ne Ratte und einmal sogar einen Welpen angeschleppt.

Ich musste pissen. Nackt, bis auf das Gipsbein, wollte ich nicht durch den Hausflur zur Außentoilette, also hangelte ich mich bis zur Küche.

Hier stand Müll in Tüten rum und auch ein paar Flaschen in die ich, auf der Couch liegend, gepinkelt hatte. Die Kumpels hatten sie doch nicht zur Toilette gebracht, wie es eigentlich ausgemacht gewesen war.

Das mussten sie aber nachher gleich erledigen, nahm ich mir vor. So stellte ich mich an den Ausguss und schiffte hinein. Ein bisken blieb das Gelbe mit Schaum im Becken stehen. Da würde ich mal den Traps reinigen müssen, nahm ich mir vor, und sah der Brühe nach, wie sie langsam wegsickerte.

Zurück auf der Couch pulte ich hier und da noch ein paar Fleischreste zwischen den Kippen vom Hähnchenskelett, schob sie mir zwischen die Kauleiste.

In zwei oder drei Flaschen war, mal mehr, mal weniger, noch etwas zum Trinken.

Die schale Flüssigkeit löschte weder den Durst, noch schmeckte sie besonders, aber die Neige war eine Art Alkoholplacebo für mein Gehirn.

Mein Bein juckt wie verrückt unter dem Gips und ich versuchte, mir mit einer der versifften Gabeln Linderung zu verschaffen, was mehr schlecht als recht gelang.

Im Hähnchen steckte mein Favorit, ne halbe Zigarettenlänge, zwar mit Filter und mit dick Lippenstift dran, aber egal, immerhin ein Lungenbrötchen.

Da saß ich also auf der Couch, das linke Bein mit dem Gips von mir gestreckt und nuckelte an der fettigen Kippe.

Zwischen dem ganzen Unrat auf dem Tisch entdeckte ich die Uhr mit dem halben, abgerissenen Armband.

18.15 Uhr.

Zeit, irgendetwas zu unternehmen:

Richtig, Tarzan feierte heute bei Alfred im Imbiss Geburtstag, da würde ich aufschlagen. Schlagartig wurde mir klar, warum keiner der üblichen Verdächtigen in meiner Hütte rumhing.

Ich zog ein T-Shirt aus dem Haufen dreckiger Wäsche neben dem Kohleofen und stieg in eine Trainingshose. Das war mit der gebrochenen Stelze am bequemsten zu bewerkstelligen. Auf eine Unterhose verzichtete ich. Selbst wenn ich überhaupt eine in diesem Durcheinander finden würde, bestand die Gefahr, dass sie beim Anziehen zerbrechen würde.

Eine Krücke lag unterm Tisch, die andere entdeckte ich auf der Kommode, wo sie gelandet war, als ich, letzte Nacht, mit ihr nach einem der Hühner geworfen hatte.

Zwischen all dem Gedöns auf der Kommode lag ne Deodose, wahrscheinlich von einer der Perlen vergessen. Ich jedenfalls gab dafür kein Geld aus.

33

Aber ein bisken Kultur konnte mir auch nicht schaden, also sprühte ich mir solange etwas auf das grüne T-Shirt unter die Achseln, bis ein weißer Rand zurückblieb.

Nach ein bisken Rubbeln und Reiben sah man es kaum noch.

***

Im Wohnzimmer polterte etwas. Das war Cora, sie war zurück. Sie kam zu mir, stieß mich mit ihrer nassen Schnauze an. Sie stank aus dem Maul, als ich sie küsste. Ich wollte nicht wissen, was sie gefressen hatte, aber sie schien glücklich.

Während ich auf Krücken ins Wohnzimmer schaukelte, begleitete mich Cora und sah mich erwartungsvoll an.

Im Wohnzimmer fand ich die ausgetreten Turnschuhe und im Aschenbecher ein paar Kippen Selbstgedrehte, die ich öffnete, den Tabak herausklaubte und mir aus Zeitungspapier ne neue Lulle drehte. Wenn man eine Seite des Papiers ein wenig weichkaut, hält das für vier bis fünf Züge zusammen.

Man muss nur aufpassen, dass das Zeitungspapier nicht brennt. Aber gut, es kratzte im Hals und der Körper registrierte befriedigt, dass das Gift auf dem Weg war.

***

Alfreds Imbiss lag am Sophie-Charlotte-Platz und ich wohnte in der Nehringstraße. Das waren gute 800 Meter, die es aber auf Krücken in sich hatten – vor allem wenn man nüchtern ist.

In der Nacht zu morgen wurde ein Boxkampf aus Amerika übertragen, den ich mir mit Uwe bei seiner Schwiegermutter in spe ansehen wollte, aus Mangel an einem eigenen Gerät und auch, weil man schon den Strom vor Wochen abgedreht hatte.

Cora freute sich, als ich mir die Leine um den Hals hängte und los ging es.

Ich war gerade mal ein paar Meter aus der Haustür, als ich Hasi traf, der ebenfalls auf dem Weg zum Imbiss war. So war es nicht so langweilig und wir quatschten, Cora sprang um uns herum und wir freuten uns auf einen feuchtfröhlichen Abend.

***

In Alfreds Imbiss, traf sich der ganze Haufen in der kleinen Sitzecke am Ende des Ladens, wo auch der Flipper stand. Es ging hoch her und die Stimmung war ausgelassen.

Gegen 22.00 Uhr sagte Uwe, dass er schon mal losfahren werde, weil er sich mit Monika treffen wollte, seiner Perle.

Ich gab ihm Cora mit, damit ich mich später nur auf mich und meine Krücken zu konzentrieren hatte, wenn ich zum Boxkampf pünktlich in Neukölln sein wollte. Sicher ist sicher.

Einige Zeit vor Mitternacht, kam eine Gruppe Ausländer in den Imbiss und belegte den Flipper.

Wie sich die Sache hochschaukelte weiß ich nicht mehr, auf jeden Fall lag plötzlich Streit in der Luft.

Alfred kam hinter dem Tresen hervor und war mehr als einmal der Friedensstifter.

Mit einigem Gestänker und Abfälligkeiten beruhigte sich die Lage, aber die Stimmung war im Arsch.

Als ich zwischendurch mal vom Kackhaus wiederkam, quatschte mich Alfred am Tresen an und stellte mir eine Flasche Bier hin.

Bis heute weiß ich noch nicht, ob er mich wirklich als Friedensengel engagieren wollte oder mich nur hinten aus der Ecke raus haben wollte, weil ich nicht schlecht stänkern konnte und keinem Streit aus dem Wege ging.

Alfred textete mich zu, stellte noch 'ne Flasche hin und schenkte ab und zu noch 'nen Schnaps ein. Ich machte es mir auf dem Barhocker gemütlich, legte mein linkes Bein auf den anderen Hocker und quatschte mit Alfred.

Plötzlich polterte es im hinteren Bereich, Stimmengewirr hob an, beruhigte sich wieder.

Ein kleiner dunkler Kerl schob sich nach vorne und schob sich auf den Ausgang zu. Das war keiner von uns.

Wenn er zur Tür raus wollte, musste er an mir vorbei. Der Gang war schmal, sehr schmal.

Unsicher bewegte er sich nach vorne.

Ich schaute nach hinten zur Ecke, aber da zeigte sich niemand.

Wer weiß, was der Kurze angestellt hatte und warum er sich so stiekum verdrücken wollte. Als er auf meiner Höhe war, langte ich mit meiner Linken zu und hielt ihn am Ärmel fest, sah wieder nach hinten.

Der Bursche zappelte und versucht sich loszureißen.

Irgendetwas war hier nicht koscher, ging mir durch den Schädel. Mit der steifen Linken brachte ich ihn in Position und schickte eine trockene Rechte auf die Reise, die ihn an der Schläfe traf.

Die Schlaghaltung, so aus dem Sitzen heraus, über meine eigenen Linke war unglücklich, aber es reichte um den Kleinen einknicken zu lassen.

Im hinteren Raum hob wieder der Tumult an. Hatte ich also Recht gehabt, da war etwas passiert.

Der Kleine kam wieder hoch. Diesmal wartete ich nicht lange, und schickte ihn mit einem Schlag auf den Hals nach unten.

Im Hinterzimmer tobte jetzt der Radau. Alfred sah mich an, sah nach hinten. Als der Kurze benommen wieder hochkam, stürzte Alfred nach hinten.

Ich sah dem Kleinen direkt in die Augen, als seine Hand von unten nach oben kam und versuchte zu blocken. In der Sitzhaltung erwischte ich aber nicht seinen Unterarm, sondern den Arm erst kurz hinter dem Ellenbogengelenk. Der Mann sah mich direkt an. Etwas knallte mir auf die Rippen.

„Mann Kleener, da musste aber noch ein paar Hantel stemmen, wenn mich das erschüttern soll!"

Die schwarzen Augen des Zwerges glühten wie Kohlen.

Wieder schlug er mir zweimal auf die rechte Seite.

„Lächerlich, mit dem Punch kommst du nicht mal in der Vorschule durch ...“

Der Kleine starrte mich an: War da Angst in seinen Augen? Panik? Ich entschloss mich, ihn mit einem guten harten Ellbogen-Cross endgültig platt zu machen.

Irgendetwas hatte sich verändert. Die Kohlenaugen wurden immer größer, ihr Besitzer schien wegzuschweben. Sofort fasste ich seine Jacke fester. Aber der Kleine streifte meine Hand von seinem Arm, als wäre ich hilflos wie ein Kind.

Vielleicht eine Laune des Alkohols, Scheiße, dass er sich gerade jetzt so bemerkbar machte. Schließlich soff ich seit gut vier Stunden. Ich riss mich zusammen.

„Komm zu Papa, du mieser Drecksack, eh ich richtig sauer werde!“

Ich wollte ihn festhalten, aber die Armbewegung hatte nur Zeitlupentempo. Der Mann entzog sich meiner Reichweite und verschwand in Richtung Tür.

„Na und, dann hau doch ab – Feigling! Sollen sich eben die anderen um ihren eigenen Scheiß kümmern!“

Seltsam, die Geräusche um mich herum verschwanden wie in einem Berg aus Watte. Ich sah die Flasche auf dem Tresen. Daneben noch ein Kurzer, den mir Alfred vorhin hingestellt hatte. Eine gelungene Feier.

***

Ich drehte mich auf dem Hocker. Langsam, super langsam, wollte mit der Rechten die Flasche greifen, stieß sie dabei um.

„Egal, die Scheiße ..."

Die Drehung war wie eine endlose Spirale.

Alles war so warm, so leicht und so langsam.

„Mann, ich muss noch nach Neukölln, wegen dem Boxkampf und Cora und Uwe ..."

Aus der Flasche lief Bier, tropfte hinunter und ich drehte mich noch immer.

Mein Bein fühlte sich nass an, alles klebte.

„Egal, dass trocknet wieder, ist nur Bier ..."

Ich sah auf mein T-Shirt, auf die Hose, ... irgendetwas machte den Fleck immer größer. Und wieso war mein Knie über mir?

„Ich bin ja so was von dicht, Mann ehhh ..."

Mein Arm war so heiß und die Hand mit einem klebrigen Zeug voll.

Die Drehung ging langsam zu Ende, und dann starrte ich in die Neonleuchten der Decke in der Imbissbude.

***

Hoch mit dir Alter ... los, auf die Beine. Heute gibt's hier frei Saufen, da musste den Rüssel richtig reinhalten."

Da ist auch wieder das Gefühl, dass alles so leicht ist. Irgendetwas verlässt mich.

„Nur mal den Moment die Augen zumachen ..."

Gesichter erscheinen, seltsam, sehen auf mich herab.

39

„He, he, heee, was ist das denn für ne Nummer komische Nummer, Jungs?"

Sind alles gute Bekannte, was machen die denn hier, ach ja, die Geburtstagsfeier.

„Hat ihm das Messer reingehauen, der kleine miese Sack"

„Waaas, wem haben sie ein Messer reingehauen? Dem werd ich gleich mal was aufs ..."

„Mann, wo kommt denn so viel Blut her"

„Wo ist Blut? Schluss mit dem Blödsinn."

„Pass auf, du trittst da ins Blut"

„Ja, ja, schon gut. Helft mir mal hoch. Ihr wisst doch, mein Gipsbein!"

„Ob er jetzt stirbt?"

„Oder nee, lasst mich nur noch 'nen Augenblick hier liegen, nur noch einen Moment, mir ist ein wenig schlecht ..."

„Na klar, der muss doch gleich leer sein"

„Ach Quatsch, macht keine Panik, so schnell läuft keiner aus. Macht einfach ein Pflaster drauf."

„Scheiße, schade um ihn."

„Heee, wo geht ihr denn alle hin? Helft mir doch mal!"

„Ja, war ein echt grader Junge"

„Hab ich was verpasst?"

„Deck ihn zu, ich will das nicht sehen"

„Weichei! Wem hatten sie denn nun ein Messer reingehauen?

„Auf Lothar. Die Besten sterben früh!"

„Mir?"

Aus den Augenwinkeln sehe ich ein Meer von Rot, dass sich langsam und majestätisch ausbreitet, wie der rote Teppich bei einer Gala.

„Für mich?"

Bup, bup, bup – mit jedem Pulsschlag ergießt sich der Lebenssaft auf den grauen, dreckigen Fußboden der Imbissstube.

Ich sehe die Füße der Kumpels am Tresen, die ausgefransten und schlammverdreckten Hosenränder, die schiefen Absätze, die schwarzen Fußknöchel, die ausgelatschten Schuhe.

Einer trägt sogar zwei verschiedene. Wie komisch.

Oder doch nicht?

Die glauben, ich sterbe? Bin ich schon verreckt? Haben die mich nicht gehört? *„Heee, ich höre Euch doch!"* So also ist sterben?

Nicht so schlimm, wie ich immer gedacht habe. Aber ich bin noch nicht tot. Ich lebe noch, glaube ich jedenfalls.

„Hier Mensch, seht ihr denn nicht, dass ich mit der Hand winke?"

Alfred müsste mal sauber machen. Ich sehe den Dreck und den Schmier, den das flüchtige Wischen nicht mitnimmt. Irgendein Viehzeug krabbelt in eine Ritze zwischen Tresen und Fußboden. Unter dem Tresen kleben Kaugummis. Und ...

„Halloooo, habt ihr dasselbe Kaugummi in den Ohren!"

Eine gewisse Traurigkeit kann ich nicht abstreiten. Hier nippel ich also ab, in diesem miesen Laden in BerlinCharlottenburg. Das ist so nutzlos und so klein. Unwürdig oder zumindest doch banal.

Aber noch lebe ich, versuche mich zu bewegen, will etwas sagen, aber da ist nichts mehr. Zunächst flüstere ich

41

stimmlos, dann schreie ich tonlos. Ich höre meine eigene Stimme selbst nicht.

„Ihr da draußen, ihr Suffköppe! Merkt ihr noch was? Ach, scheiß drauf, so friedlich war es schon lange nicht mehr ...“

Die Stimmen am Tresen bekommen diesen friedlichen Klang von singenden tibetanischen oder russischen Mönchen.

Herrlich monoton. Er schwillt auf und ab. Wärme steigt langsam in mir auf.

„Oke, das fühlt sich gut an. Wenn das so ist ...“

Ein Paar kaputte Schuhe kommen in mein Blickfeld. Der Gesang bricht ab, die Wärme kühlt merklich aus.

Na prima, hat einer von euch Ärschen doch noch was gemerkt. Wurde ja auch Zeit!“

Das Gesicht über mir ist verschwommen, wer ist das nur. Engel oder Teufel? Bin ich doch schon durch? Es dunkel. Ein Schleier fällt auf mein Gesicht.

„Heeee, seit ihr bescheuert? Nehmt das Scheißding weg!

Die Tischdecke hat alle miesen Gerüche in sich, die es nur gibt.

„Macht keinen Scheiß, ihr Penner, hier drinnen ist noch Leben. Seit ihr etwa so besoffen, dass ihr das nicht mitbekommt?“

Plötzlich tut die Dunkelheit gut. Ich falle, tiefer, immer tiefer- und ich bin amüsiert, als ich Alfreds zickige Stimme vernehme

„Mensch pass doch mit der Decke auf, das Blut krieg ich nie mehr raus!“

„Scheiß Boutiquer - aber meinen Deckel bekommst du nun auch nicht mehr bezahlt!“

„Auf Lothar, einer von uns!"

„Leute, hallo ..."

Da ist wieder der gleichmäßige Singsang der Stimmen. Die Wärme kommt zurück. Es tut nicht weh ... Aber wo ist denn der Tunnel? Das Licht? Wieso zieht nicht mein Leben an mir vorbei? Kriegen das nur die Anwärter auf den Himmel geboten?

„Marion würde ich noch gerne flachlegen ...

Cora sollte jetzt hier sein ... ich erfahre nie, wer den Boxkampf heute Nacht gewinnt ..."

In das Flaschengeklirre vom Tresen mischt sich ein anderer Ton, weit weg ... weit, weit weg .... eine Sirene.

Meine Trauermusik ausgerechnet von den Bullen ... Scheiße...

***

Wie zu erwarten war, landete ich in der Hölle. Anders konnte ich mir diese zerlumpten, hässlichen Gestalten um mich herum nicht erklären. Nach und nach gewannen sie an Konturen und die Gesichter an Deutlichkeit. Es war dieselbe Bande, die mich vor einer Woche abgeschrieben hatte. Sie grinsten mich an, dann schob sich eine Frau in weiß dazwischen und scheuchte weg.

In mir steckten, ich weiß nicht mehr wie viel Schläuche.

Meine Augenlieder wurden schwer und der Schlaf war tief und fest.

***

43

„43 Sekunden bis zur Ewigkeit", sagte mir der Chefarzt, dann wäre ich platt gewesen, hätte die Hocke gemacht.

Doch der Notarzt und sechzehn Bluttransfusion haben mich noch einmal zurückgebracht.

War das nun weit weg oder nah dran?

Zu wessen Freud oder zu wessen Leid, bin ich geblieben, beziehungsweise zurückgekommen?

Kämpfer

Im Schweiß sich dehnen und strecken
Unter Qualen sich ducken und recken
Das Training, tagaus und tagein
Das einzige Ziel, ein Kämpfer zu sein

Ihr glaubt, mich zu kennen, halb Mensch, halb Tier
Es gibt noch so viel, was ihr nicht wisst von mir
Würde so gern malen und tanzen und singen
Kann es nicht, muss boxen und ringen

Du bist wild, du brauchst Disziplin
Im Voraus bekommst du nicht viel
Jetzt bist du fit, willst in den Ring
Der Gong ertönt, das ist dein Ding

Deckung hoch, jetzt musst du was nehmen
Linke raus, kannst endlich auch geben
Es ist egal, ob du verlierst oder siegst
Dabei sein ist alles, egal was du kriegst

Komm, steh wieder auf und bleibe nicht liegen.
Der Gegner ist müde, du kannst noch siegen.
Jetzt bist Du Champ, der Gürtel ist Dein.
Vergiß nicht, morgen kannst du der Verlierer sein

Ihr glaubt mich zu kennen, halb Mensch, halb Tier.
Es gibt noch so viel, was ihr nicht wisst von mir
Würde so gern malen und tanzen und singen
Kann es nicht, muss boxen und ringen

Nachtruhe

Frieda sah auf das Foto von Wilhelm. 62 Jahre waren sie verheiratet gewesen und hatten Freud und Leid miteinander geteilt.

Wilhelm war ein guter Mann gewesen. Vielleicht nicht immer treu, aber stets loyal. Er hatte die Familie ernährt und dafür gesorgt, dass Frieda ihr Auskommen hatte.

Ein Seufzer kam über ihre Lippen, als sie mit den Fingerspitzen über den Rand des Fotorahmens strich. Er fehlte ihr.

Vor vier Wochen hatte der Tod seinem Leiden ein Ende gesetzt und ihr Trauer beschert. Die Leber hatte einfach nicht mehr mitgemacht, trotz der Radikalkuren, denen er sich noch unterzogen hatte. Aber mit 93 hatte man schon so seine Schwächen.

Frieda wusste Bescheid, schließlich war sie bereits 87.

Seit einem Monat lebte sie alleine in der Villa, die von einem riesigen Park umgeben war. Kinder und Enkel beknieten sie, in eine Seniorenresidenz zu ziehen.

Aber Frieda wollte sich nicht trennen, zu viele Erinnerungen lebten in diesem Haus.

Abend für Abend wiederholte sie dasselbe Ritual. Sie steckte Wilhelm eine Zigarre an, schenkte ihm seinen

Lieblingswhiskey ein und legte die CD mit der Shantymusik auf.

Frieda summte leise mit, schloss die Augen, sog den Geruch der Zigarre durch die Nase ein. Ihr Hände spielten mit den Reifen des Rollstuhls und rollten diesen wenige Zentimeter vor und wieder zurück. Ach Wilhelm.

Was war das? Frieda riss die Augen auf. Ein Laut, der nicht in die übliche Geräuschkulisse passte. Ungewöhnlich. Ein offenes Fenster?

Frieda wagte nicht, sich zu bewegen, ihre blaugeäderten Hände umklammerten die Lehnen des Rollstuhls.

Das Geräusch kannte sie. Das war die Tür zur Bibliothek, in der sie saß. Der steil aufsteigende Qualm der Zigarre im großen marmorneren Aschenbecher zerfiel in eine bizarre Figur, als der Luftzug ihn traf.

Frieda sah auf den Boden. Auf dem hellen Fußbodenbelag wuchs ein riesiger Schatten heran, fiel auf den Tisch mit dem Whiskey. Ihr Blick ging zu den hohen Fensterscheiben, in dem sich eine dunkelgekleidete Gestalt spiegelte, die eine Hand nach ihr ausstreckte.

Mit einem harten Ruck wurde der Rollstuhl herumgerissen und Frieda sah in das Gesicht eines vielleicht 25jährigen Mannes, der genauso erschrocken schien, wie sie selbst. In seinem grauen Gesicht fielen die große Nase, die wässrigen blauen Augen und der Pickel am Kinn besonders auf. Die Gestalt war eher dünn und steckte in einem schwarzen Overall, die Hände in Handschuhen und auf dem Kopf trug er eine dunkelblaue Strickmütze unter der blonde Locken hervorquollen.

„Mensch, was machst Du denn hier?" krächzte er mit eher dünner Stimme.

Frieda hatte sich gefangen. Sie spürte keine unmittelbare Gefahr.

„Na; ich wohne hier und Sie sollten schleunigst machen, dass Sie wieder verschwinden!"

Die Miene des Einbrechers nahm selbstgefällige Züge. „Da haben wir es uns ja so richtig gemütlich gemacht, was Ömchen?" er griff an ihr vorbei und nahm sich die Zigarre. Frieda unterdrückte den ersten Impuls sie ihm aus der Hand zu schlagen, das war schließlich Wilhelms.

„Mein Mann wird jeden Augenblick zurückkommen, dann können sie etwas erleben. Er hat beim Militär geboxt!"

Der Gauner griff nun zum Whiskey, lies das Eis im Glas klingeln.

„Ömchen, gib dir keine Mühe. Der macht höchstens noch Schattenboxen. Ich habs in der Zeitung gelesen. Was meinst du wohl, warum ich hier bin?"

Frieda verkniff sich eine Antwort, sondern starrte ihn an. „Was ist?" mit einem Schluck trank der Eindringling das Glas aus.

„Der Pickel da, sieht wirklich schlimm aus", konnte sich Frieda nicht beherrschen.

„Das ist kein Pickel, das ist ne Warze", kam es eingeschnappt zurück.

Der Schwarzgekleidete zerrte einen Leinenbeutel unter seinem Overall hervor.

„Ömchen, gut das du da bist, da muss ich nicht lange suchen. Wo ist der Schmuck und das Bargeld."

51

Frieda goss einen neuen Whiskey ein, spielte mit dem Glas.

„Ha, ha – eine Frau in meinem Alter braucht keinen Schmuck und kein Bargeld mehr. Das regelt alles der Anwalt!"

Wieder nahm er ihr den Whiskey weg, stürzte ihn in einem Zug hinunter.

„Quatsch keine Opern, Ömchen. Du hast es selbst in der Hand. Ich muss Dich sowieso umlegen. Entweder langsam, auf die harte Tour oder Ruckzuck."

Während er sprach schlenderte er durch die Bibliothek, zog hier und da eine Schublade auf, guckte hinter die Gemälde. Dann schien ihn Ungeduld zu überkommen.

Mit ein paar Schritten war er am Rollstuhl, in dem Frieda wieder mit einem Whiskey saß. Er nahm ihr das Glas weg, stürzte den Drink hinunter und umklammerte mit einer Hand ihren Hals.

„Wo ist die Kohle? Los! Sags! Oder ich dreh Dir ein paar Falten mehr in Deinen dürren Schlund!"

Frieda wurde schwindelig, sie konnte nicht mehr schlucken.

Plötzlich lockerte sich der Griff und der Einbrecher verzog sein Gesicht zu einer Grimasse.

„Oh Gott, oh Gott – wo ist das Bad. Sag schon, wo ist hier ein Scheißhaus?"

Frieda zeigte auf eine Tür neben der Bronzestatue.

Noch während der Mann darauf zu rannte, begann er sich den Overall aufzureißen, stieß die Tür zu dem behindertengerechten Bad auf und stürzte hinein.

Das war Friedas Chance. Behende sprang sie auf, lief zum Bad, zog die Tür wieder zu. Mit einem Griff schnappte sie den Schlüssel vom Sockel der Statue und verschloss die Badtür, hinter der die unheimlichsten Geräusche ertönten.

Frieda nahm das Telefon.

***

Der Polizist schloss die Badezimmertür auf.

„Komm raus. Hände über dem Kopf."

„Ich kann nicht. Wirklich. Ich kann nicht!"

Zwei Beamte sicherten die Tür, während sie ein dritter aufstieß.

Ihnen bot sich ein jämmerlicher Anblick. Auf dem WC saß der Einbrecher mit gequältem Gesicht und machte eine hilflose Geste, während ein Geräusch die nächste Darmattacke ankündigte. Die drei Beamten sahen Frieda an, die mit ihren mageren Schultern zuckte.

„Was sollte ich machen. Ich saß gerade im Rollstuhl von meinem verstorbenen Mann, dann kam der Einbrecher und dachte wohl, ich wäre behindert. Als er mir sagte, dass er mich umbringen würde, habe ich ihm Glaubersalz in den Whiskey getan. Das hatte Wilhelm immer im Rollstuhl bei sich, wegen der Darmverstopfung."

Schafft es nicht

Von weit her, aus der Tiefe empor,
quält sich ein Fluss hervor, macht
sich frei, will an das Licht versiegt
und schafft es nicht

Ganz tief unten, vom Grund hinaus
drängt sich die Glut heraus brennt
so heiß, will an das Licht erkaltet
und schafft es nicht

In mir drin, in der Seele begraben
will ich den Schmerz befragen quält
so wütend, will an das Licht
erlischt und schafft es nicht

Will nur eins, hier in Frieden leben
kann mir die Angst nicht nehmen frage
so endlos, will an das Licht verstumme
und schaffe es nicht

Fragen, so viele Fragen
Das Eis so dünn, kann mich nicht tragen
Angst vor dem Leben
Die Welt so hart, kann nicht genug geben

Ho, ho, hoooo

Weiß! Alles war so weiß, dass er sich nur fühlen, aber nicht sehen konnte. Ein Weiß das strahlte, aber dennoch nicht blendete. Ein Weiß, das Frieden bescherte, wie ein unberührtes Bettlaken, wie der Hauch des ersten Atems oder der zarte Strich des Bogens auf den Saiten einer Geige.

Unschuldig war das richtige Wort. Unschuldig in einer Form von unwissend, naiv, noch nicht gegenwärtig, ohne Erinnerung, ohne Erwartung, ohne Enttäuschung.

Und diese Stille. Diese unbeschreibliche Stille, die ihn trug, die ihn körperlos machte. Eine Stille voller Musik aber ohne einen Laut. Eine Stille mit dem süßen Ton kleiner silberner Glocken aber ohne einen Klang. Eine Stille im Takt eines sich wiegenden Grases, jedoch ohne ein Instrument.

Harmonie beschrieb den Zustand der Stille am besten. Eine Art Harmonie die man nicht fassen konnte. Ein Gleichklang von Seelen, ohne Bitterkeit, ohne Neid, ohne Hass.

Es war der Moment des Erwachens. Des Erwachens nach einem langen Schlaf oder nein, nicht nach einem Schlaf, sondern nach einer Zeit des Unbewusstseins. Er tauchte auf aus diesem Zustand, tauchte ein in das Weiß und in diese Stille. Er liebte den Moment, diesen Augenblick des

Bewusstwerdens. Noch konnte er nicht sein, nicht schmecken, nicht riechen.

Er war noch nicht physisch, nicht materialisiert. Noch nicht ein Teil von diesem Weiß. Noch nicht in der Zeit des Daseins. Er war nur Unterbewusstsein, nur Zukunft.

Mit dem ersten Gedanken verblasste die Reinheit des Weiß. Die Unschuld bekam Definition. Noch nicht greifbar, aber die Veränderung begann mit derselben Unabwendbarkeit einer Morgenröte, die unbeirrt ihre tägliche Reise am Himmel beginnt. Mit dem zweiten Gedanken verlor die Stille ihre Harmonie. Der Takt erhielt Töne und wurde Musik. Sie inspirierte seine Synapsen, setzte in ihm einen Prozess an Erkenntnissen in Gang.

Er sah seine bleichen Finger, die begannen sich zu bewegen. Zunächst noch weit weg von ihm durchdrang eine Flamme das Weiß, setzte sich durch und warf einen warmen gelblichen Schein auf seine Hände, auf seine nackten Knie und erwärmte sein Gesicht. Die Flamme fraß das Weiß, zerstörte es, machte es schmutzig. Er mochte diese Augenblicke, auf die er jedes Mal unvorbereitet war, die ihn immer wieder unvermittelt glücklich machten. Er roch den unvergleichbaren Geruch von Zimt und in seinem Mund breitete sich der Geschmack von Bratapfel und Vanillesoße aus. Es war Adventszeit und der Weihnachtsmann war, wie jedes Jahr, pünktlich erwacht. Er konnte sich auf die jährliche Metamorphose verlassen, denn er war ein Teil von allem.

Der Raum gewann an Konturen. Die Einrichtung wurde real. Er stand auf und betrachtete in dem lebensgroßen Spiegel seine nackte Gestalt. Ein Lächeln umspielte den bartlosen Mund als er den hageren Körper sah. Er wird altern, ein Bart wird ihm wachsen und seine schlanke Taille wird dem dicken, fetten Bauch Platz machen. Er konnte dabei zusehen, wie er zu dem gemütlichen alten Mann wurde, der jedes Jahr die Erde heimsuchte. Es geschah jetzt, in diesen Minuten.

Ein albernes Kichern füllte die Atmosphäre. Als er sich umsah, lagen hinter ihm die schwere Leinenunterwäsche, der rote Mantel mit dem Besatz von weißem Pelz, seine Mütze, Handschuhe und Stiefel. Er zog sich an.

Der Weihnachtsmann durchschritt den riesigen Raum, der sich alle paar Meter immer wieder neu zu erschaffen schien, bis er das kleine Rudel Rentiere sah, dass sich, eng aneinandergedrängt, über den Hafer in der Traufe hermachte. Einzig Rudolph stand abseits, vor dem Extraballen Futter. Rudolph war ein Egozentriker. Doch er genoss die Akzeptanz des Rudels. Er war der geborene Leithirsch. Die Kühe vergötterten ihn, die anderen Hirsche ordneten sich widerstandslos seinem Kommando unter. Den Namen „The Red Nosed Rein-
deer" trug er zu Unrecht. Rudolph hatte keine besonders rote Nase. Aber wie der Mensch nun einmal ist, hatte er sie ihm angedichtet. Im Geheimen genoss Rudolph die Popularität, nur nennen durfte ihn niemand so, außer vielleicht der Weihnachtsmann, wenn sie alleine waren.

In den nächsten Tagen kümmerte sich der Weihnachtsmann um den Schlitten und das Gespann. Er bürstete, striegelte, flocht hier und da ein Zöpfchen und achtete darauf, dass die Felle einheitlich lang waren.

Am Schlitten putzte, polierte und wienerte er herum, bis die Kufen silbrig glänzten, die Haltegriffe golden funkelten, die Glöckchen wie Sterne leuchteten und sich das lederne Geschirr der Rentiere in einem sattem Rot vom hellbraunen Fell abhob.

Rudolph war der letzte, den er versorgte. Ihm schnitt er die Hufe, ölte und massierte seine Fesseln und passte die neuen Eisen aus Titan an. Rudolph genoss es, wenn im Galopp von seinen Hufen Funken stoben, während der schwere Schlitten am Himmel seine Bahn zog.

Rudolphs Geschirr war das einzige aus schwarzem Leder und mit Nieten besetzt. Er liebte es, die Blicke der Rentierkühe auf seiner Rückseite zu spüren. Manchmal verlangsamte er das Tempo, damit er ihren Atem auf seinem Widerrist fühlen konnte. Rudolph war eitel, fast ein wenig narzisstisch.

Der Weihnachtsmann sah hinunter und ergötzte sich an dem Lichtspektakel in den Häusern, Wohnungen, Büros, auf den öffentlichen Plätzen und wo auch immer. Wie auf ein gemeinsames Zeichen flammten die Lichter an den Weihnachtsbäumen auf. Künstliche, natürliche, futuristische, traditionelle, teure, ärmliche.

Das war das Signal. Jetzt musste er los. Der Start verlangte seine volle Konzentration, diese Tausendstelsekunde in der er sich atomisieren musste, um überall auf der Welt gleichzeitig erscheinen zu können.

Er brauchte ein paar Minuten um sich auf den Schmerz vorzubereiten, den er jedes Mal empfand, wenn diese wahnsinnige Zellteilung in ihm stattfand. Noch einmal sah er zu Rudolph an der Spitze des Gespanns. Über Rudolphs Rücken lief ein Zittern und der Leithirsch dreht den Kopf. Ein kaum merkbares Kopfnicken zwischen ihnen beiden und es begann. Hitze schien den Kopf des Weihnachtsmannes zu erfassen, zu sieden und aufzulösen. Sein Körper krümmte sich, zuckte, wand sich und Milliarden von Partikeln lösten sich von ihm, machten sich selbstständig, verließen ihn, stoben davon, bündelten sich zu einem Strahl, der hinausschoss in die unendliche Weite. Und es war, als ob der Schmerz die Unendlichkeit erklärbar machen könnte.

Der Weihnachtmann lag erschöpft im Schlitten, hielt die Luft an, öffnete zögernd die Augen. Er fühlte sich matt, fast unfähig jemals wieder klar denken zu können. Rudolphs Hufe schlugen Funken, der Fahrtwind war kühl, fast kalt. Aber dann überkam ihn diese Wärme, die sich von irgendwoher in seinem Inneren ausbreitete, seine Venen, Adern und Nerven erfasste. Sie strömte aus, lies seinen Mund trocken werden, und als sie schließlich sein Gehirn erreichte, erfüllten ihn Ruhe und Frieden. Von überall dort, wo er sich gerade auf dem Globus befand, empfing er Freude, Liebe, Enttäuschung, Hass, Verständnis, Gleichgültigkeit, Neid und jede noch so kleine menschliche Regung.

Von jedem Ort, an dem die Menschen jetzt mit ihm Weihnachten begingen, erhielt er Rückmeldung. Von der kindlichen Aufregung bis zu Gleichgültigkeit der Erwachsenen, spürte er die gesamte Bandbreite der menschliche Seele in sich hineinströmen. Er wurde sich jeder Einzelheit bewusst, erfasste jedes Wort, jedes Gedicht, jedes Lied. Er sah das Lachen, das Weinen, das Verzweifeln, das Glücklichsein. Und all das geschah innerhalb einer Sekunde. Einer Sekunde, die der Ewigkeit ähnelte.

Ein mentaler, multipler Orgasmus.

Wie Kometeneinschläge prasselten die Bilder auf ihn ein. Die Küste, Polen, die Neisse, Brandenburg, Berlin.

Während das Gespann durch den Raum flog, begann in den Zehen- und Fingerspitzen des Weihnachtsmannes ein leichtes Kribbeln und sein Herzschlag setzte wieder ein. Sein Atem wurde ruhiger und die Muskeln entspannten sich. Das unglaubliche Hochgefühl, mit den gefühlten tausend Jahren wich einem allgemeinen Wohlbefinden, einem Wohlbehagen. Der Weihnachtsmann richtete sich auf, hielt sich für einen Augenblick am goldenen Schlittengeländer fest, fasste dann die Zügel fester, ruckte kurz an, schnalzte mit der Zunge. Er wurde schließlich milliardenfach erwartet.

8-Chlor-1-methyl-6-phenyl-4H-(1,2,4)-triazolo(4,3 a)(1,4) benzodiazepin 12-15

Ein Blick auf die Friedrichstrasse in ihrer festlichen Beleuchtung, vorbei am Weihnachtsmarkt auf dem Alexander Platz mit dem Fernsehturm, vorbei an der Volksbühne. Sie überflogen die Schönhauser Allee, die Mühlenstrasse bis nach Pankow. Brrrrr! Halt!

Welche Freude, welche Aufregung, welche Erwartung erfüllte den Raum. Die kleinen Füße scharrten ungeduldig auf dem Boden, während die glänzenden Augen alles in sich aufsogen, was im Kerzenlicht zu erhaschen war.

Der Weihnachtsmann stieß den goldenen Stab dreimal auf die Erde und das Raunen im Gemeinschaftssaal des Waisenheims „Glückliche Erde" verebbte.

„Ho, ho, ho, draus vom Walde komm ich her, ich sage euch, es weihnachtet sehr ..." leitete er die Bescherung ein, schlug das goldene Buch auf, fuhr mit dem Finger die Reihen entlang, stoppte

„Beatrice, wie ich hier lese, hast du in diesem Jahr ein besonders schönes Weihnachtsgedicht auswendig gelernt. Komm doch mal nach vorne und trag es uns vor."

Ein achtjähriges, rothaariges Mädchen stand auf, zog ihren Rock artig herunter und kam unsicher nach vorne, blieb vor ihm stehen. Er lächelte, strich ihr über das Haar

„Keine Angst, du schaffst das schon!"

Beatrice nickte, schluckte, drehte sich zu den Kindern um

„Weihnachtswunder!
Durch den Flockenfall klingt
süßer Glockenschall"

Als Beatrice das mehrstrophige Gedicht zu Ende gebracht hatte, löste sich die Anspannung im Raum, leichter, kindlicher Applaus kam auf. Beatrice erhielt zwar nicht das so heiß gewünschte Notebook, aber die Freude über das PC-Spiel Comic Life ließ sie das Notebook rasch vergessen. Mit

Comic Life konnte sie am Gemeinschaftscomputer ihre eigenen Geschichten entwerfen. Toll!

Schnell waren alle Geschenke verteilt und der Weihnachtmann erfreute sich noch ein paar Minuten an der Begeisterung der Kinder. Er brummte fröhlich in seinen Bart, als Bernd mit dem neuen Panzer den Puppenwagen von Nadine zog und runzelte ein wenig die Stirn, als Dietmar mit vorgehaltener Platzpatronenpistole die Herausgabe von Marzipanstückchen von Olaf forderte. Kinder eben. Julia mochte offensichtlich ihre Puppe nicht, schleifte sie an den Haaren hinter sich her, konnte sie aber gegen das Skateboard von Sven eintauschen. Da habe ich wohl bei der Verteilung ein wenig geschludert, dachte der Mann im roten Mantel.

Während Gundi liebevoll den großen Stoffhund kämmte, war es Max, dem sie als erstes Kind am heutigen Abend das Geschenk konfiszierten, weil er mit den Alustollen an den neuen Fußballschuhen Löcher in das Linoleum trat. Er revanchierte sich damit, dass er in unbeobachteten Augenblicken, Apfelsaft über oder in die Geschenke der anderen goss. Auf den Weihnachtsmann achtete niemand mehr und so machte der sich auf den Weg. Die Nacht war noch lang.

2-Brom-4-(2-chlorphenyl)-9-methyl-6H-thieno(3,2-f)(1,2,4) triazolo(4,3-a)(1,4)diazepin 15-18

Der Schlitten flog vorbei am Fernsehturm, überflog das Curry 36 und über dem ehemaligen Flugplatz Tempelhof erinnerte er sich an die „Happy Christmas" Feiern der amerikanischen Soldaten, die dort, fern von ihren Familien, die Festtage begangen hatten. Vorbei an der Mariendorfer Trabrennbahn und zum Landeanflug auf den Lichtenrader Damm. Obwohl es schon über 20 Jahre her war, machte er einen extra Bogen über die ehemalige innerdeutsche Grenze und seine Gedanken gingen zu den Menschen, die damals, in der Heiligen Nacht, mit Kerzen an der Mauer gestanden hatten.

„Stille Nacht, heilige Nacht" klang es aus den geöffneten Oberlichtern des Seniorensitzes „Tannenruh". Hier war die Stimmung wesentlich besinnlicher als in dem Waisenheim. Die Anwesenden waren voller Demut oder aber durch Demenz und Alzheimer in einer anderen Welt.

Trotzdem, sagte sich der Weihnachtsmann, hatten gerade die ein Recht auf Glücklichsein. Vielleicht sogar mehr als die Kleinen, denen Verlust und Schmerz erst noch bevorstand. Er kannte die Senioren schon seit Jahren, hatte einige von ihnen kommen und andere gehen sehen. Wünsche wiederholten sich Jahr für Jahr. Manche konnte er erfüllen, manche nicht.

Sie hatten ihn nicht einmal bemerkt, wie er sich bei ihnen niedergelassen hatte. Erst als die Orgel verklungen war, gewann er ihre Aufmerksamkeit. Hier war alles anders. Sie sagten keine Gedichte auf, kamen nicht zu ihm, setzten sich nicht auf seinen Schoß und klatschten auch nicht vor Freude in die Hände.

Sie strahlten ein stilles Glück aus, weil er sie nicht vergessen hatte.

So schlenderte er durch die Reihen, sprach hier ein paar beruhigende Worte, streichelte dort eine Hand. Luise, die seit

Jahren an Herzwasser litt, hatte er eine Schachtel Pentobarbital mitgebracht. Sie hielt seine Hand fest, küsste sie. Ihre Augen glänzten vor Dankbarkeit. Als er sich nach ein paar Minuten umsah, war sie verschwunden.

Robert, dem sie schon vor langer Zeit beide Unterschenkel amputiert hatten, alles wegen der achtzig Zigaretten am Tag, zeigte ihm verstohlen den erhobenen Daumen, weil er wusste, dass sich im doppelten Boden der Schachtel mit den Cognacbohnen vier Havanna-Zigarren befanden. Verschwörerisch erwiderte der Weihnachtsmann den heimlichen Gruß.

Für Mechthild fand er in seinem Sack einen Stapel gebündelter Briefe von ihrer Enkelin Karin, die am anderen Ende der Welt studierte. Es waren dieselben Briefe wie im vorigen Jahr, dem Jahr davor und all die Jahre, seitdem Karin bei diesem schrecklichen Flugzeugunglück ums Leben gekommen war. Der Weihnachtsmann blieb für ein paar Minuten bei Mechthild sitzen und erzählte ihr von Karin, die kurz davor stand, ihren Doktor zu machen. Schließlich hatte er sie getroffen, als er die Briefe abgeholt hatte. Die alte Dame weinte vor Glück und ein paar Tränen netzten seine Hand.

Er kam zu Siegesmund, dem ehemaligen Seefahrer, dessen hellblauen Augen fast blind waren. Sie trafen sich seit vielen Jahren im Tannenruh. Siegesmund war 97 und die Gicht wurde von Jahr zu Jahr unerträglicher. Der Weihnachtsmann legte die Hand auf das Genick des Greises. Das war ihr Ritual und bescherte dem alten Matrosen Schmerzfreiheit, wenn auch nur für die Weihnachtstage, soviel Macht hat der Weihnachtsmann. Siegesmund kramte in seiner alten

Strickjacke herum und steckte seinem Wohltäter verschmitzt ein Stück Kautabak zu. Das war ihr Deal. Jedes Jahr.

Er ging zu Hilde, zu Bernhard, zu Wilhelm und zu Roswitha. Darüber vergingen die Minuten und die Senioren wurden müde. Der Weihnachtsmann verschwand so heimlich, wie er gekommen war. Draußen wartete Rudolph und nickte ihm zu. Der Weihnachtsmann sah durch das Fenster im zweiten Stock, blickte auf Luise, die auf dem Bett lag. Eine Hand hielt die Bibel, die andere war geöffnet, daneben lagen das leere Wasserglas und das Tablettenröhrchen. In Luises Gesicht leuchtete ein dankbares Lächeln. Zärtlich sang der
Weihnachtsmann

Oh du fröhliche, oh du selige
Gnadenbringende Weihnachtszeit ...

Rudolph und die acht anderen Rentiere summten mit.

7-Chlor-1-methyl-5-phenyl-1H-1,5-benzodiazepin-2,4
(3H,5H)-dion18(36-80-120)

Am Brandenburger Tor wären sie beinahe hängen geblieben, weil Rudolph, mal wieder, die Quadriga für Konkurrenz hielt und denen mal so richtig zeigen wollte, was eine Harke ist. Zum Glück fing er sich noch rechtzeitig und mit Ach und Krach schrammte der Schlitten zwischen dem Tor und dem Reichstag durch, schlingerte bedenklich nahe am sowjetischen Mahnmal vorbei, verpasste die

Siegessäule nur um ein paar Meter. Dann waren sie wieder auf Kurs.

Bedachten den Zoo mit ein paar Geschenken, grüßten die Gedächtniskirche, wunderten sich über den Betrieb auf dem Kurfürstendamm und machten sich bereit, als sie das rote Licht am Bundesplatz entdeckten.

„Hier bist du genau richtig, lass mal dein Kostüm fallen"

„Mit Sack und Rute kennen wir uns aus, komm rein!"

„Wenn du die Glocken klingen lassen möchtest, können wir dir helfen!"

Solche und andere Sprüche empfingen den Weihnachtsmann im „Horny Diamond". Die Damen des Etablissements, in ihren knappen und textilarmen Bekleidungen, waren artig aufgestanden, hielten Wunderkerzen in den Händen und bildeten ein Spalier zum Whirlpool, an dem ein riesiger Weihnachtsbaum stand, geschmückt mit allerlei erotischen Spielzeug und mit einem funkelnden, leuchtenden, sich um sich selbst drehenden, Vibrator als Spitze.

Ho, ho, hooo!

„Ward ihr denn auch alle artig und habt ein Gedicht gelernt?",

versuchte er zu kontern.

Gehorsam trat die blonde Grit vor:

Wenn Niklaus mit der Rute treibt
Und Christkind sich den Schlitten reibt
Wenn Ruprecht auf Maria pennt

Dann sind wir mitten im Advent!

Das brachte Grit neben einem liebevollen Poklatscher auch den von ihr so sehr gewünschten Flachbildschirm vom Weihnachtsmann.

Dadurch ermutigt, wagte sich Charlene im Schulmädchenoutfit nach vorne, steckte einen Finger in den Mund, zögerte ein paar Sekunden und traute sich dann doch:

Leise pinkelt ein Reh ein
tiefes Loch in den Schnee,
weihnachtlich glitzert der Strahl: Rehlein,
pinkel noch mal

Als Belohnung für dieses lyrische Werk erhielt sie den Gutschein für die Brustvergrößerung. Spontan drückte sie ihre noch kleinen Brüste, in das Gesicht des Weihnachtsmannes und küsste ihn auf seine Mütze.

Unter Gekicher und mit frivolen Sprüchen verflog die Zeit. Hier noch ein Brillantring, dort eine Prada-Tasche und für das Cabrio von Janet die Bezüge aus Latex. Die schweren Jungs blieben cool und lässig, steckten ihre Rolex, das Apartment auf Mallorca, das Motorboot im Yachtklub mit einem schmalen, generösen Lächeln ein. Sie waren es gewohnt, fürstlich beschenkt zu werden und ließen sich selbst auch nicht lumpen. Es gab eine Bescherung für den Weihnachtsmann. Bald saß er, umringt von den süßesten Mädels, mit offenem Mantel auf der weißen Ledercouch am Pool, die Beine mit den Stiefeln weit von sich gestreckt. Während Mandy die Knöpfe an der Leinenunterwäsche

69

abbiss, probierte der Weihnachtsmann seine Rute auf dem Hintern von Jenny aus, der sich ihm bereitwillig entgegenstreckte, bis sich darauf feine rote Striemen abzeichneten, die er dann versuchte mit Streicheln wieder weg zu bekommen. Auch Mandys Geschenk war bald zu Ende gebracht. Er trat in die kalte

Winternacht hinaus, als sie sangen

„Alle Jahre wieder, kommt der Weihnachtsmann ...“

Am Schlitten angekommen, fielen ihm die beiden Rentierkühe in der ersten Reihe auf, die seltsam nervös auf der Stelle trampelten und sicheren Halt suchten. Rudolph lehnte am Schlitten, sichtlich erschöpft, sein Fell dampfte und er rauchte eine Havanna. Der Weihnachtsmann nahm ihm die Zigarre weg und setzte zu einer Strafpredigt an, aber Rudolph blickte bedeutsam auf den offenen Gürtel des roten Mantels, bleckte kurz die Zähne und ging mit einem kumpelhaften „Pssssst! zurück an die Spitze des Gespanns.

5-(2-Fluorphenyl)-2,3-dihydro-1-methyl-7-nitro-1H-
1,4benzodiazepin-2-on 16-35

Der Besuch im Horny Diamond hatte Zeit gekostet und so beeilten sie sich, um nicht ins Tageslicht zu kommen. Viel Zeit blieb ihnen nicht. Zudem brauchten die Rentiere eine Pause und auch der Weihnachtmann fühlte sich nicht mehr in Bestform. Ihm war die Leichtigkeit abhandengekommen. Der Zauber der Heiligen Nacht verflog auch bei ihm.

In Treptow erloschen nach und nach die Lichter in den Fenstern, junge Leute verließen die X-Mas Party in der Disko an der Warschauer Brücke und Rudolph hatte Mühe mit der Hochbahn an der Skalitzer Straße Schritt zu halten. Einige dunkle Gestalten tummelten sich am Kottbusser Tor. Das Gespann ging im Görlitzer Park runter. Der Weihnachtsmann spannte Rudolph aus und schloss sekundenlang die Augen.

„Eyyee Alter, geile Kutte. Reich mal rüber"

Er dreht sich herum, sein Blick durchdrang das diffuse Licht, dass eine spärliche Laterne hergab. Vor ihm machten sich drei Jugendliche breit. Er spürte die Gefahr die von ihnen ausging.

„Nicht doch Kinder, den Mantel brauche ich noch. Habt ihr in diesem Jahr nichts zu Weihnachten bekommen?"

Das hämische Grinsen der Jungs, erkannte er nur an den Zähnen, die in der Dämmerung leuchteten.

„Geh uns nicht mit dem Scheiß auf den Sack. Rück die Klamotten raus und pack dein Porti und das Handy gleich dazu!"

Ein Messer blitzte auf, eine Eisenstange wippte auf und ab. Der ganz rechts außen trat auf Rudolph zu, tätschelte ihm den Hals, strich über seine Flanke.

„Ganz schön fette Teile, Alter. Die werden wir bei Hassan los, der ist Kasap."

Der Weihnachtsmann meinte es gut.

„Das solltest du besser lassen. Rudolph mag es nicht, wenn ihn Fremde anfassen! Ich übrigens auch nicht!",

Der mit dem Messer war jetzt dicht vor dem Weihnachtsmann und schien genervt.

„Es ist mir kack egal, was er mag, was du magst. Mir ist kalt, ich hab Hunger und ich bin müde. Also – runter mit der Kutte und pack alles dazu, was du sonst noch hast, sonst schneid ich dir ein Muster in deinen Bart."

„Aber was macht ihr denn Kinder? Heute ist Weihnachten, das Fest der Stille und der Liebe", versuchte der Weihnachtsmann es mit Güte, „bestimmt findet sich in meinem

Sack auch noch etwas für euch!"

Jetzt griff der Dritte, der mit der Eisenstange, ein.

„Fuck! Ich wusste gleich, mit dem stimmt etwas nicht. Alter Knacker im ulkigen roten Kostüm mit Lederstiefel ist nachts mit Viehzeug unterwegs. Das ist sicher irgend so eine perverse Scheiße. Klatsch ihn weg!"

Der Junge bei Rudolph lachte und schlug dem Rentier mit der flachen Hand auf die Hinterkeule.

Dann ging alles ganz schnell. Rudolph keilte aus, traf den Jungen mit den neuen Titaneisen auf die Rippen, dass es den bis in die Mülltonnen trieb. Der Rudelführer wirbelte herum, stieg hoch und lies seine Vorderhufe auf den Schädel des Gestürzten prallen. Mit einem trockenen Knacken platzte der Kopf des Jungen.

Der Weihnachtsmann nutzte die Verwirrung aus und griff nach der Messerhand des Angreifers, setzte einen Kipphebel an und drehte sie so herum, dass das Messer auf den Bauch des Jungen zeigte. Ein kurzer Ruck und der Stahl durchdrang die äußere Haut, das Fleisch, die Muskeln und stieß bis in das Innere vor. Der Messerheld ließ den Griff los und der Weihnachtsmann zog das Messer nach oben. Es war ein

72

gutes, ein scharfes Messer und der Schnitt ging bestimmt acht Zentimeter weit. In den Augen des Verletzten spiegelte sich Ungläubigkeit und Entsetzen wider. Der Weihnachtsmann zog das Messer aus der Bauchhöhle und stach es ihm seitlich in den Hals.

Der dritte Junge hatte die Eisenstange fallen gelassen und war auf die Knie gesunken.

„Aber bitte ... ich wollte nicht ... wieso ...?"

Der Mann in Rot war mit zwei Schritten bei ihm, sah ihn freundlich an, nahm seinen Kopf in die Hände. Ein kurzer Ruck und das Genick brach wie dürrer Reisig.

Hinter ihm erklang ein schlabberndes Geräusch. Der Weihnachtsmann drehte sich zu Rudolph um, spuckte einen Strahl Kautabak aus

„Lass das. Dir wird nur wieder schlecht und dann kotzt du alles voll!"

Rudolph hob den Kopf von der Blutlache, leckte sich das Maul sauber. Die Rentierkühe traten erregt auf der Stelle. Der Weihnachtmann stieg in den Schlitten

„Aus den Menschen werde ich nie schlau werden, auch nicht in den nächsten 2000 Jahren. Ho, ho, hooooo!"

Mit Glockengeläut und einem Funkenregen von Rudolphs Hufen schoss der Schlitten in den Morgenhimmel davon.

7-Chlor-2,3-dihydro-1-methyl-5phenyl-1*H*-*1,4-benzodiazepin*-
2-on *24-48 (50-80)*

„Unglaublich, wenn man ihn da so sitzen sieht."

73

Die beiden Männer starrten auf die zierliche Gestalt in der Zwangsjacke, die in dem weißen Raum auf einem Stuhl saß. Sonne lag auf ihrem Gesicht, das von Friedfertigkeit erfüllt war.

„Dreizehn Tote, hat man ihm nachgewiesen. In den letzten drei Jahren. Die Polizei vermutet, es sind noch mehr."

„Er sieht so harmlos, so glücklich aus."

„Nun ja, heute ist der 27ste. Da ist es wieder vorbei. Wir warten noch bis morgen, dann kann er zu den anderen.

„Sie meinen, er ist wieder friedlich? Völlig umgänglich?"

„Ja. Er kümmert sich liebevoll um die anderen Patienten, füttert die Vögel im Garten und ist rührend um die Sorgen des Personals bemüht. Bis Ostern. Am Gründonnerstag kommt er wieder in die Jacke, bis nach Ostermontag.

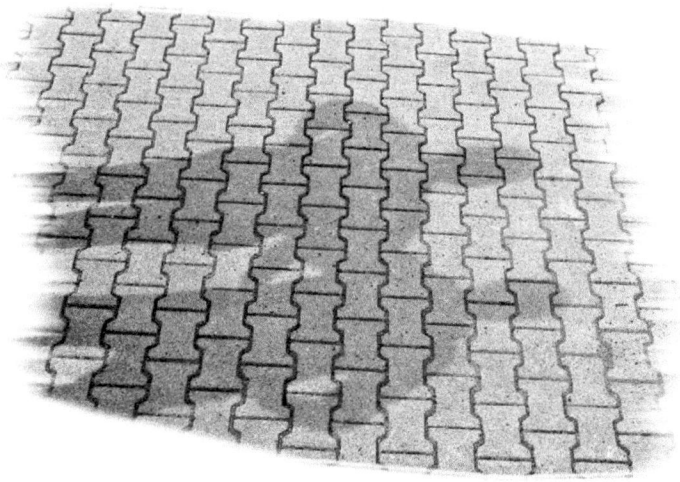

Unter Brüdern

Ich habe dich geschlagen, warst nicht mein Freund,
Ich hab dich betrogen, hat mich nicht gereut,
Du hast mich getreten, voller Hass und Wut,
Du hast mich belogen, du hattest den Mut

Hab dich gesehen, warst nicht mein Feind, hab
mich geirrt, bin jetzt bereit,
Du hast mich gezwungen, dargeboten die Hand, hast
einfach gegrinst, wie ewig bekannt.

Manchen Kampf bestanden, viel Feind viel Ehr
Kameradschaft geschworen, was will man mehr gegenseitig
nicht verraten, auch nicht vor Gericht,
Den Verrat liebt jeder, den Verräter nicht

Du suchtest Familie, es gab kein Zurück
Es war dir gegönnt, du fandest Dein Glück
Hab es zu spät erfahren, es holte dich ein
Ein Messer traf dich, da du warst allein

Unter uns Brüdern am Ende der Leiter,
Bist nicht gegangen, nur einen Schritt weiter Unter
uns Brüdern, eine Frage der Zeit
Wir sind nicht getrennt, einst wieder vereint

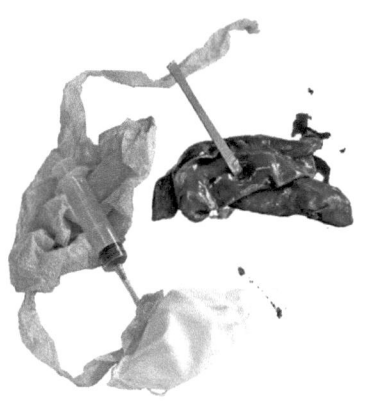

Du hast keine Chance

Jedes Mal dasselbe Theater, wenn ihr glaubt, mich zu haben.

Immer die gleiche Leier. Gleißend helles Licht, Vermummte Gesichter, gespannte Stille, kurze knappe Kommandos.

Und doch seid ihr ohne Chance, ihr Wichte, ihr Scharlatane, ihr hilflosen Kreaturen.

Ich bestimme hier, wie die Dinge laufen. Ihr seid nur Statisten, Nebendarsteller, Komparserie.

Wie oft habt ihr schon geglaubt, mich gehabt zu haben?

Wie viele Jahre jagt ihr mich schon?

Keiner von Euch war auch nur annähernd in der Lage, mich in Gefahr zu bringen.

ICH bin das Chamäleon. Das wieder und wieder seine Farbe wechselt,

ICH bin der Joker, der euch stets aufs Neue narrt,

ICH bin der Komödiant, der ständig seine Verkleidung tauscht

ICH bin Jäger und Fuchs zugleich, der euch auf falsche Fährten lockt.

ICH bin es, der in euren Köpfen sitzt, der eure Eingeweide quält und euer Blut zum Gerinnen bringt.

ICH entscheide über Leben und Tod und lasse euch nur daran teilhaben.

Da stehst du nun, du großer Held in Grün. Schwingst dein Skalpell und alle sehen dich bewundernd an.

Ha, ha, ha – na los, nun schneide schon!

Rette den, der da vor dir auf dem Tisch liegt.

Setz dein Messerchen an und jage mich, versuche, mich zu töten.

Du Narr glaubst, mich noch in seinem Kehlkopf zu finden? Du Dilettant wagst es, mich herauszufordern? Mich? Den Meister im Organhopping!

Ich bin schon längst wieder fort, bin weiter gewandert.

Du ahnst nicht wohin, mein kühner Lanzelot.

Soll ich es dir sagen? Dir zeigen? Jetzt schon? Nein, ich warte noch, weil Du an Deine Chance glaubst.

Aber sag, hast du nicht in den letzten Wochen einen Hauch von Übelkeit verspürt? Diese kleine Appetitlosigkeit an manchen Tagen?

Stress hast du gesagt. Das ich nicht lache – Stress!

Noch führst du das Skalpell sicher, aber wenn ich es will, wird deine Hand zittern.

Ein plötzlicher Druckschmerz im rechten oder mittleren Oberbauch könnte das bewirken.

Unvorhersehbar, ohne Warnung.

Aber keine Angst. Ich mag Dich in deiner Naivität.

Noch kannst du weitersaufen, nach Feierabend, wenn du dich betäubst um zu schlafen oder um dich auf Partys feiern zu lassen. Und wenn du mich dann endlich in deiner Leber glaubst entdeckt zu haben, bin ich schon wieder weiter und hinterlasse dir nur, wie du sie nennst, ein paar bösartige Geschwülste.

He, he, heee – so, nun mach weiter, schnippel an der armen Sau da auf dem Tisch rum, die so viele Hoffnungen in dich gesetzt hat.

Das war schon ein abgefahrener Trip, damals, als ich es mir für eine Weile in seinem Kehlkopf bequem gemacht habe.

Er war stolz auf seine rauchige Stimme und lebte den Rhythmen & Blues. Er glaubte, er sei einzigartig. Dabei haben wir in Wirklichkeit ein Duett gesungen.

Die Jungs verstehen etwas vom Feiern.

Jede Zigarette habe ich genossen, jeden Drink zweimal gespült, jede Pille noch mal hochkommen lassen, jeden Joint ins Hirn geschoben und jede fremde Körperflüssigkeit auf der Zunge zergehen lassen.

Ich habe mich irre amüsiert in diesen Tagen und die Vorfreude gab mir den letzten Kick.

Mit jedem Song in diesen Kaschemmen und verrauchten Sälen wurde seine Abwehr schwächer und so konnte ich nach und nach die Zellen infiltrieren.

Komm, quarz noch eine, spüle mit einem Drink hinterher.

Komm mein Lieber, bereite uns unser Hochzeitbett.

Und dann war es vorbei mit den Parties.

Diese Pfeife fing an zu schwächeln, machte immer mehr Pausen.

Singen war nicht mehr. Dieser Loser.

Die Stimme war hin, ewig Husten und Räuspern, diese Halsschmerzen und die Schwellung der Halslymphknoten. Fuck! Was für ein Schwächling.

Und jetzt raucht und säuft er nicht mehr, frisst Biokram, als ob ihn das retten könnte. Heee – ich weiß es besser.

***

Hhhhmmmhhh, was für ein süßer Duft. Wo kommt der her?

Jaa, die kleine Assistentin neben dir. Ich rieche sie, deine kleine Bewunderin.

Diese Schwere und gleichzeitige Verlockung. Ihr ganzer Körper duftet und verströmt das Versprechen von Leidenschaft und Befriedigung.

Sie würde es jetzt sofort mit dir treiben, in diesem Augenblick, ohne Vorspiel.

Sie ist bereit – riechst du es auch?

Du wirst sie mit mir teilen müssen, denn ich will sie haben.

Wo soll ich mich mit ihr vereinigen. Was meinst du?

In ihrer Solarium-gebräunten Haut, auf der sich die blonden Härchen so erregend aufrichten?

Oder doch lieber in den jungen Brüsten, die sich spitz unter ihrem Kittel abzeichnen, die leicht hin und her schwingen und den Stoff zum Zittern bringen?

Nein ... nein, dieser Duft von Wollust und Empfängnis lässt nur einen Ort zu.

Ooohhhjahh – ich werde mich in ihrer Gebärmutterschleimhaut einnisten und ihre Jugend genießen. Wie – das wäre ungewöhnlich in diesem Alter? Wieso sollte ich nicht etwas Neues wagen? Warum sollte ich auf dieses Vergnügen verzichten?

82

Ich liebe euer Entsetzen.

Ihr werdet wieder alles auf das Östrogen schieben und ratlos sein, wenn ihr entdeckt, dass der Tumor von der Gebärmutter in benachbarte Organe einwächst, die Beckenwand befällt und auch in die Harnblase vordringt.

Habe ich euch damit überrascht?

Entschuldigt, aber ich kann mich mit eurem Gejammer nicht aufhalten, ich muss weiter.

Ich muss noch den Darm eines 50jährigen Architekten besuchen.

Nein, besuchen ist nicht der richtige Ausdruck. Er gewährt mir schon seit langem Obdach. Aber nun ist es an der Zeit uns zu outen.

Gestern hat er zu seiner Silbernen Hochzeit eine Kreuzfahrt in die Karibik gebucht.

Erst wollte ich sie mitmachen, habe mich aber dann doch anders entschieden.

Morgen früh wird er Blutauflagerungen auf dem Stuhl haben und Darmkrämpfe bekommen.

Danach rühre ich ihm abwechselnde Verstopfungen und Durchfälle an.

Nichts ist schlimmer als die Eintönigkeit.

Sie werden eine Darmspiegelung machen und eine Gewebeprobe entnehmen, um ihn zu retten. Na und!

Ich sitze längst weniger als acht Zentimeter vom Darmausgang entfernt. Da bekommt er einen Anus praeter oder auch künstlicher Darmausgang genannt.

Es soll da ganz schicke, unauffällige Modelle geben

Ich wette, die Kreuzfahrt ist erst einmal gestrichen und wir bleiben beide hier.

Ich könnte noch eine Weile launig plaudern, wen ich schon alles so getroffen habe.

Ob nun die Dinosaurier oder Galenos von Pergamon, mit dem ich per du war.

Ich kenne sie alle.

Hippokrates nannte mich *KREBS* – weil ein Brustgeschwür die Ähnlichkeit mit den Beinen des Krustentieres zu haben schien.

Was für eine Farce.

Ich bin nicht Krebs.

Erkennst du mich nicht?

Ich bin dein Spiegelbild – Mensch!

Ich bin du, der sich an seinem Gastkörper – die Erde - ebenso vergeht, wie ich mich an dir.

Du bist ich und ich bin du.

Ach herrjeh, ich habe mich wohl ein wenig aufgeregt und einen kleinen, plötzlichen Schmerz in dir verursacht.

Upps – mein Held in Grün – der Schnitt war jetzt wohl ein wenig tief. Ob dem das, da auf dem Tisch, gefallen wird?

Entschuldige, ich besorg dir einen
Neuen für den Tisch für die Jagd auf
mich – kein Problem.

XXX

Saufen, kübeln, laufen lassen
Schnaps und Bier aus vollen Tassen

Hinter Glas und bunten Etiketten
Legt Satan dich in Ketten
Den Namen auf Erden kennst du wohl
Es ist der Teufel Alkohol

Im Gehirn explodieren schöne Farben
Er will deine Seele haben
Du bist schwach erliegst der Sucht
Es zieht dich in die Schlucht

Keine Menschen mehr da um dir zu raten du
hast sie verraten
Willst nur noch saufen um zu vergessen
Bist von ihm besessen

In der Gosse findest du dich wieder
Mit bebenden Glieder
Dein letzter Freund, der Teufel lacht
Er hat dich kaputt gemacht

Da liegst du nun, wie ein Stück Dreck
Willst gerne davon weg
Du riefst den Feind, du kennst ihn wohl
Es ist der verdammte Alkohol

Angstvoll flehst du: Erbarm dich meiner
Doch es hört dich keiner
Hoffnung und Rettung aus dieser Pein
Kannst nur du selber sein

Und Tschüss

Mark lehnte neben der Kajüte an der dreckigen Wand und schielte an dem rostigen Kranaufbau der alten Schaluppe vorbei hinüber auf die dunkle Straße, auf deren Kopfsteinpflaster der Regen eine reflektierende Oberfläche schuf.

Auf dem unebenen Straßenbelag polterte ein alter Siebeneinhalbtonner mit Plane und Spriegel in Richtung Innenstadt.

Mark sog an der filterlosen Zigarette, schnippte die Kippe in das brackige Wasser der Anlegestelle vor der eingefallenen Halle.

Sein Blick ging über das runtergekommene Deck, über den Müll, den Stadtstreicher und Jugendliche hier zurückgelassen hatten und blieb auf der einsamen Gestalt an der Reling hängen.

Tja Yannek, zäh bist du. Aber das wird dir nichts nutzen.

Mark hatte seinen Auftrag.

Er klaubte mit kalten, knochigen Fingern eine neue Zigarette aus der Packung, steckte sie in den Mund. Die Flamme des Feuerzeuges beleuchtete für einen flüchtigen Moment sein ausgemergeltes Gesicht und die tief in den Höhlen liegenden Augen. Seit dem Kindergarten riefen sie ihn deshalb „Totenkopf". Und als ob ihn sein restlicher Körper nicht damit alleine lassen wollte, setzte er kein Fett an, sondern blieb bei 198 Zentimeter Körperlänge permanent bei einem Gewicht von 72 Kilo.

Mark war das egal, mit 40 Jahren kennt man seine Stärken und seine Schwächen. Vor allem war er eins - skrupellos und vor allem eins nicht – sensibel.

Yannek blinzelte in die Dunkelheit. Sein Kopf hing nach hinten und die Nackenmuskeln waren steif geworden, der Rachen ausgetrocknet und in seinem Kopf rauschte es.

Er nahm den Modergeruch war, spürte ein Frösteln. Das Plätschern, das an sein Ohr drang, machte deutlich, wo er sich befand.

Mühsam hob er den Kopf, konnte ihn nicht gerade halten, knickte nach vorne weg.

Jetzt floss wieder Blut durch seine Muskeln, er fing sich.

Die Hände waren vorne mit Kabelbindern gefesselt. In seinen Beinen kribbelte es, er versuchte, sie zu bewegen, aber das schien unmöglich.

Yannek befiel Panik, als er die Wanne sah, in der seine Füße steckten.

„Da brauchst du gar nicht zu zappeln, das ist Schnellbeton, Alter." Marks Stimme knarrte wie die marode Takelage und übertönte den leichten Wellenschlag und das sanfte Säuseln des Windes.

Yannek schien die Spritze überstanden zu haben. Seine Augen waren wieder klar. Das gefiel Mark, nichts war befriedigender, als jemanden bei Bewusstsein zu versenken.

Nur das Zittern in Yanneks Stimme verriet Unsicherheit.

„Ehhh, was soll das? Bist du total bescheuert oder drehen wir hier einen Film?"

Mark zuckte mit den Schultern.

„Ist nur `n Job. Nichts Persönliches. Du wirst schon wissen warum?"

„Mann, ich weiß es nicht. Leck mich am Arsch, Du kannst mich doch nicht einfach so umlegen!" Yannek versuchte überzeugend zu sein.

Ungerührt prüfte Mark die Mechanik des Flaschenzuges und nahm zufrieden wahr, dass sie noch funktionierte.

„Mmmhhhmmm, ist mir egal!"

Mark begann, ein dünnes Rohr an der Reling abzubauen.

„Aber das ist doch meschugge, Mann. Wer hat Dir denn den Auftrag gegeben? Oder hast Du mich verwechselt?" Yannek wurde nervös. Der Totenkopf schien nicht zu bluffen.

Mark stellte fest, dass er die Wanne mit Yannek näher an den Flaschenzug bringen musste, damit er ihn einhaken und an der offenen Stelle der Reling ins Wasser schwenken konnte.

„Kein Irrtum. Nimm`s wie im Mittelalter. Kommste wieder hoch, biste ne Hexe und wirst verbrannt. Bleibste unten, biste unschuldig. He, he, heee!"

91

Sein Gelächter klang wie das harte Bellen einer Mac 10 bei Dauerfeuer. Er riss Yannek den Stuhl weg, so dass der sich reflexartig hinstellte und leicht schwankte.

Mark zerrte ihn mit der Wanne zum Flaschenzug und in die Lücke der Reling. Schweiß war ihm ausgebrochen und der Atem ging stoßweise. Erschöpft fingerte er eine Zigarette aus der Packung und steckte sie sich an. Die 9-mm Glock unter seiner Achsel drückte.

„Du ziehst das also wirklich durch, Langer? Mann, lass mich frei, ich hab noch zwanzig Mill gebunkert, die kannst du haben." Yannek glaubte Interesse in den kalten Augen seines Gegenübers aufblitzen zu sehen und legte schnell nach.

„Lass mich wenigstens noch eine rauchen."

„Zwanzig Mill?" Mark schien zu überlegen. „Scheiß auf die Kohle, Job ist Job! Und wozu ne Zigarette? Rauchen schadet der Gesundheit. He, he, heee."

Er nahm einen tiefen Zug aus der Zigarette.

Yannek wankte hin und her. Im Rücken das dunkle Wasser und vor sich den Killer. Ihm wurde schlecht.

Totenkopf lächelte, er werde ihn nicht einfach hineinstoßen, sondern mit Stil versenken. Yannek wäre auf dem Grund des Seitenarms im Schlick nicht einsam. Er wird sich in guter Gesellschaft befinden. Er war schließlich nicht der erste, den Mark hier versenkte.

Mark war nun soweit und legte Yannek die breite Lederschlaufe um. Bevor er die Laufleine durch die Öse führen konnte, riss Yannek plötzlich beide Arme nach oben, streifte sie über Marks Kopf und presste ihn mit gefesselten Händen an sich.

Gleichzeitig warf er sich mit aller Kraft nach hinten. Für einen Moment fühlte er den stechend Schmerz in den Waden, als das Gewicht sie über den Scheitelpunkt riss. Dann kippte die Wanne, erst ein Stück … dann ganz.

Für Sekundenbruchteile flogen die beiden Körper durch die Luft, bis das kalte Wasser sie verschlang. Die Wanne mit dem Beton riss sie nach unten, so dass Yannek und Mark, eng aneinandergeklammert, stehend in der trüben Brühe versanken. Drei Meter, vier, fünf, sechs.

Die Zigarette in Marks Mund löste sich auf, Tabak und Papier schwammen davon. Die Wanne grub sich in den weichen Boden.

Mark zappelte und riss wie verrückt, versuchte die Kabelbinder an Yanneks Händen zu lösen. Er riss den Mund auf, schrie etwas in das tödliche Nass hinein. Atemblasen quollen ihm aus Mund und Nase. Doch soviel er zerrte und tobte, die Umklammerung löste sich nicht. Yanneks Hände lagen wie Eisenklammern auf seinem Rücken.

Langsam schwanden ihm die Sinne. Er schaute in die Augen seines Gegenübers. Ein kleines Lächeln schien auf Yanneks Gesicht zu sein, als der sich vorbeugte und Mark küsste.

Dann erlöste sie beide die ewige Dunkelheit.

Dämon in mir

Wenn der Abend graut, der Tag verklingt
Wenn das Licht angeht, die Nacht beginnt
In meinem Gedärm, wird es wach in mir
In meinem Gehirn, da brüllt das Tier

Hinaus auf die Straßen, hinaus in die Nacht
Hinaus auf das Feld, hinein in die Schlacht
Ich prügel für Geld und schlage aus Freude
Ich kämpf mit jedem, auch gegen die Meute

Hab Blut gerochen und Knochen gebrochen
Hab Zähne gekotzt, nicht zu Kreuze gekrochen
Ich kann nicht anders, es ist wichtig für mich
Ich muss es wissen, ob du oder ich

Es ist eine Droge, ich bin wie besessen
Es gibt den Moment, da will ich vergessen
Wenn der Dämon schläft, der Tag ist bereit
Wenn ich Ruhe nur fände in meiner Einsamkeit

Bin kein Heros, bin kein Jäger
Bin kein Krieger, nur ein Schläger
An den Fäusten klebt das Blut
Kann nur fühlen Hass und Wut

Ich kann nichts dafür

Es ist herrlich warm an diesem Sommerabend. Wenn ich die Augenlider ein wenig zusammen kneife, hat der Himmel fast pinkfarbene Färbung.

Drüben, über den Giebeln der Neubausiedlung, verfärbt er sich zu einem blutig roten Streifen.

Blutig rot. Sehr treffend, denn blutig rot wird es werden, wenn ich die 25 Stockwerke hinuntergestürzt und auf dem Asphalt aufgeschlagen bin.

Von hier oben sieht das graue Band da unten viel zu klein aus, als dass ich es treffen könnte.

Was ist, wenn ich nun auf dem Rasen lande oder gar daneben in der Baumreihe.

Wie oft hat man schon gelesen, dass Menschen Stürze aus größter Höhe überlebt habe.

Ehrlich gesagt, wäre mir das auch peinlich. Diese ganzen Fragen hinterher und das versteckte Mitleid würde mich glatt in eine Krise treiben.

Da steckt doch sowieso nur der heimliche Vorwurf dahinter: „Das hat er auch nicht geschafft!" Was heißt schon AUCH NICHT!

***

Was kann ich dafür, dass bei der Abi-Prüfung andere Fragen dran kamen, als die, die ich aus dem Direktorium geklaut habe? War ja auch gar nicht so schlimm, hab ja dann die Lehre bei der Bundesbahn bekommen, als Gleisbauarbeiter.

War auch nur Pech, das da so viel gesoffen wurde. Sollte ich mich etwa gegen die Gemeinschaft stellen? Das wäre asozial und ich gleich ein Außenseiter gewesen. Hätte so ausgesehen, als wollte ich was Besonderes sein.

Nein, da muss man Loyalität beweisen.

Ja – Gleisbauarbeiter – die Lehre hab ich nicht zu Ende gemacht. Wollten mich feuern, weil ich ein paar Mal auf Gleiswache eingepennt bin. Ist ja nichts passiert – nur Blechschaden. War nicht meine Schuld, die hätten eben auf die Einhaltung vom Alkoholverbot achten müssen.

Bevor die mich feuern konnten, hab ich selbst in den Sack gehauen, da muss man seinen Stolz behalten.

***

Sag mal, ist der denn da unten bekloppt? Parkt direkt auf meinem Landeplatz. Wie stellt der sich das vor? Dass ich segeln kann?

Hallo Alter, schalt man den Kopp ein?

Was ist, wenn ich genau mit einem Auge in die Antenne stürze?

Wohlmöglich noch mit dem gesunden?

Manche Menschen sind wirklich rücksichtslos.

Ich sollte runter und ihm so richtig die Meinung geigen.

***

Scheiße, wenn bloß noch was vom Wodka übrig wäre.
Fehlt mir noch, dass ich nüchtern da runter muss.

***

Kiek ma, det Anettchen, torkelt gerade da unten vorbei. Arme Sau. Ist vollkommen von der Rolle.

Blöde Kuh, hat nie verstanden, was sie an mir hatte. Wir haben uns im Call-Center kennen gelernt, war Liebe auf den ersten Blick.

Sie saß am Telefon und ich gehörte zum Reinigungsdienst. Hat ihr nichts ausgemacht. Große Pläne hatten wir. Ich hab noch Arbeit dazu genommen, weil Anettchen nach Feierabend mitgemacht hat.

Ging ganz prima.

Damit sie nicht schlappmacht, hab ich ihr beigebracht, wie man mit einer gesunden Tagesration Alkohol die Leistungsfähigkeit steigern kann. Da kann sie dankbar für sein, wo sie doch vorher gar nicht getrunken hat.

Dann hab ich ´ne Auszeit gebraucht, wegen der Entziehung, und Anettchen hat wohl gedacht, mit der doppelten Ration kann sie doppelt so viel arbeiten.

Als ich aus der Therapie zurückkam, war sie ohne Job, hing mit der Pulle im Park rum und hatte kein Verständnis dafür, dass ich erst mal eine ruhige Startphase brauchte.

99

Aber ich habe mich gerade gemacht und ihr was Neues besorgt.

Ein Dreivierteljahr haben wir uns dann mit den paar Kröten von ihrem Job vom Zeitungsaustragen durchgeschlagen.

Mann, jeden Morgen bin ich wach geworden, wenn sie von der Tour kam. Da soll man bei gesund werden.

Das ewige Genörgel, dass ich mithelfen sollte, ist mir auf den Sack gegangen und ich hab mich weggemacht.

***

Tja, nach det Anettchen hab ich Sarah getroffen. Die fand mich richtig süß. Arbeiten sollte ich nicht. Ging mir ja eigentlich gegen den Strich, aber was tut man nicht alles aus Liebe. Kohle hatte Sarah von ihrem Verstorbenen genug und die Hausbar war immer gut gefüllt.

Heißa, Juchee, was war das für ein Leben.

Taschengeld gab`s auch. Ich musste nur zu jeder Tag- und Nachtzeit meinen Mann stehen. Manchmal tat es auch die Zunge oder irgendein Spielzeug.

Das war gut so, denn nüchtern bekam ich die Bilder nicht mehr aus dem Kopf. Ich dachte immer an einen Truthahn, wenn sie nackig ins Zimmer kam.

Das habe ich Sarah dann auch gesagt und sie höflich gebeten, ein Nachthemd anzuziehen und das Licht auszumachen. Da zeigte sie ihr wahres Gesicht, ihren rücksichtslosen Charakter, ihr selbstsüchtiges Wesen.

Sie zeterte, drohte, schrie und wütete herum.

100

Bevor sie mich rausschmeißen konnte, ging ich freiwillig und gönnte mir einen Leistungsbonus aus der Haushaltskasse.

Aber Sarah war nachtragend und sorgte dafür, dass ich erst einmal eine neue Bleibe bekam.

Sie zeigte mich an. Erzählte der Polizei dies und das, kramte längst vergangene Sachen hervor und ich musste für ein paar Monate ins Gefängnis.

***

Das mit dem Knast war nicht so schlecht, wie ich vorher gedacht habe.

Ich lernte einige Leute kennen, die genauso unschuldig wie ich waren.

Unter anderem auch den László aus Ungarn. Ein von den Behörden verfolgter Geschäftsmann.

Wir haben uns dann draußen getroffen und im Kreditkartenfremdmanagement gearbeitet.

László verschwand von einem Tag auf den anderen.

Ich hab mir in der Tschechei einen Führerschein und eine Anmeldung gekauft. Ganz legal, kosteten 2.000 Euro. Warum unsere Behörden immer so kompliziert sind, verstehe ich nicht.

***

Mal sehen, wenn ich die Pulle fliegen lasse, dann sehe ich so ungefähr, wo ich landen werde.
Uuuuihhhh, das geht aber ganz schon weit runter.

***

DA! Hab ich doch gesagt, der Wagen steht genau in der Landezone. Kaschängg! Mitten auf`s Dach.

Arschloch!

Na, ich weiß nicht, ob das nachher so gut wird. Antenne im Auge, Türholm in der Hüfte und das Glas zerschneidet mir das Gesicht.

Ausgerechnet das Gesicht, das Helene so hübsch fand. Helene war die Gerichtshelferin, die für mich den Kredit aufgenommen hat, als ich mit dem geliehenen Auto im Fenster vom Cafe Bergmann gelandet bin. Dank Helene kam ich mit Bewährung davon und zog bei ihr ein.

***

Mit Helene hielt das gute drei Jahre, dann wurde sie zickig. Wahrscheinlich Midlife Crisis.

Plötzlich fing sie an, mir Arbeitsstellen zu suchen, machte Striche an die Pulle und schlief im Gästezimmer.

Außer vielleicht einmal im Monat.

Ich habe darüber mit Karin aus dem achten Stock gesprochen, die hatte Verständnis.

Helene weniger und es war ein neues Schloss in der Tür, als ich mal wieder von Karin kam.

Dabei hatte ich extra Frühstück mitgebracht.

***

Na ja, war ja nur ein Stockwerk und ich bin wieder runter zu Karin. Die hat mich gefragt ob ich bekloppt wäre. Sie braucht keinen Schnorrer in der Wohnung.

Blöde Kuh. Ist schuld an meinem Dilemma, wieso schreit sie auch meinen Namen so laut, wenn das Fenster offen ist. Und nun lässt sie mich hängen.

Hab die letzte Nacht im Keller gepennt und bin dann heute Vormittag in die Kneipe am Platz gegangen. Die hatten mit Freibier zur Neueröffnung geworben.

Nach dem dritten Halben kommt der Wirt auf mich zu. Welche Überraschung.

Den kannte ich vom Abitur her. Rudi, dem sie damals den Prüfungsklau angelastet haben, weil ich seinen Ausweis im Direktorium hingelegt hab. Rudi hat aus seinem Leben nichts gemacht. Er hat nur die Kneipe und ich ein Veilchen.

Auf dem Weg von der Kneipe zu Helene, wo ich meine Sachen holen wollte, hab ich Herrn Rietek getroffen, den Gerichtvollzieher.

Wollte mich wieder einmal sprechen wegen dem Schaden, damals bei der Gleiswache. Ich hab nur abgewunken, wegen den 300.000 hab ich dreißig Jahre Ruhe, hab doch ne eidesstattliche Erklärung abgegeben.

103

Der Umweg hinter der Reinigung längs wäre besser gewesen, dann hätte ich nicht das Anettchen getroffen, die mit den Pennern da auf der Bank saß und Korn gesoffen hat.

Als sie mich sah, fing sie gleich an zu kreischen, dass ich sie in den Sumpf gezogen und Schuld an ihrem Dilemma sei. Die Penner haben dann mit leeren Bierdosen nach mir geworfen.

Als könnte ich etwas für ihre Labilität. Hätte ja nicht zu saufen brauchen.

Schwache Menschen kotzen mich an.

Ich hab über die Ungerechtigkeiten des Lebens gegrübelt und die übliche Wachsamkeit vernachlässigt.

Prompt bin ich in den neuen Beschäler von Sarah gerannt, der gleich um die Ecke im Kick-Box-Gym trainiert.

Der Arsch hat meine Schwäche nach der Nacht im Keller, dem blauen Auge von Rudi und der Psychoattacke vons Anettchen rücksichtslos ausgenutzt.

Jetzt wackelt mir ein Zahn und Sarah lässt mir bestellen, sie will ihr Geld wiederhaben.

Alles asoziales Gesocks.

Im Briefkasten waren zwei Briefe für mich. Einer von der Staatsanwaltschaft. László haben sie auf Malle geschnappt und sind dann irgendwie auf mich gekommen. Die sollen mich doch bloß mit den ollen Kamellen zufriedenlassen. Haben die nichts Aktuelles zu tun?

Der andere ist von der Kripo, wegen dem Führerschein. Kriegen die gar nichts alleine hin? Muss ich überall mit anpacken?

104

Können sich doch in der Tschechei erkundigen.

So langsam wurde es ein richtiger Scheißtag.

Ich bin rüber in den Supermarkt und hab ne Pulle Wodka unter die Jacke geschoben und bin mit ´ner Zeitung zur Kasse.

Wer hat da gesessen? Helene.

Ich hab sie angesehen und gefragt ob sie vor Kummer zuviel gefressen hat, weil der Kittel so spannt. Und sie? Hat gleich geflennt und rumgeschrien, dass ich ein Penner bin. Sie wäre schwanger von mir. Was kann ich dafür, dass sie nicht verhütet.

Als wegen dem Theater der Marktleiter kam, ist mir fast die Pulle Wodka runtergefallen, aber ich habe sie gerade noch aufgefangen.

Helene schrie die ganze Zeit und ich musste den Marktleiter in die Konserven stoßen, dem Securitymann hab ich den Einkaufwagen in die Plauze geknallt und bin raus.

Panik vertrage ich nicht.

***

Den Weg runter, in die Siedlung, zwischen die Hochhäuser und bin aus reiner Gewohnheit in die Nr. 26 rein.

Da fiel mir ein, dass der Schlüssel nicht mehr passt. Also bin ich hoch in den 8ten und hab bei Karin geklingelt.

Die hat nicht schlecht aus der Wäsche geguckt.

Ich wollte nur mal ne Stunde Luft schnappen, aber sie war völlig negativ eingestellt und hat mir irgendetwas von einem

Mann erzählt, der überraschend aus dem Knast gekommen sein sollte.

War er auch, wie ich mich überzeugen konnte. Überall tattooviert, 20 Kilo schwerer und ohne Humor.

Die Platzwunde über meinem Ohr tut scheußlich weh, aber die Pulle ist heilgeblieben.

Na gut, dachte ich mir, es ist Zeit, die Lage zu analysieren, ehe alles aus dem Ruder läuft.

Habe erst mal ´nen guten Schluck aus die Pulle genommen und kieke so rein zufällig aus dem Fenster.

Das sehe ich die Jungs mit den Baseballschlägern vorm Haus auf der Bank sitzen, und mir fällt plötzlich ein, dass ich det Gras von letzter Woche heute früh bezahlen wollte.

Da bin ich erst mal im achten Stock geblieben, damit die drei da unten sich ihr Leben nicht mit einer unbeherrschten Attacke versauen.

Kann ihnen ja nachher im Vorbeiflug zuwinken.

***

Drüben am Supermarkt blinkte Blaulicht und eine Menschentraube stand vor dem Laden. Helenes hysterisches Gekreische tönte bis zu mir.

Ich hatte die Schnauze voll.

Wollte nichts mehr hören und bin rauf hier aufs Dach.

Wollte einfach nur frei sein und nicht immer die Verantwortung für andere tragen müssen.

Einmal im Leben nur an mich selbst denken.

106

Jetzt ist es genug mit den ganzen Ungerechtigkeiten. Dem Egoismus der Mitmenschen.

Ich will nicht immer nur ausgenutzt werden.

Jeder trampelt auf mir herum und keiner gibt sich Mühe, mich zu verstehen.

Ich bin eben sensibel – na und? Kann man doch verstehen! Die rücksichtslose Art der Gesellschaft bringt mich an den Rand des Ertragbaren.

Ich fühle mich Tag für Tag von Psychopathen gejagt und vom System verfolgt.

DA! Genau, wie ich es sage.

Da unten steht der Assi, der sein Auto direkt in der Einflugschneise der Wodkaflasche geparkt hat.

Neben ihm steht der Blockwart Hellmich und zeigt zu mir hoch, kommt jetzt mit dem Idioten zusammen auf das Hochhaus zu. Der ist nun wirklich selbst schuld, hätte das Auto ja wegfahren können. Ich war schließlich zuerst hier.

Die Jungs auf der Bank sind auch aufmerksam geworden und stehen auf.

Soll ich mich noch drüber aufregen?

Macht doch alle was ihr wollt.

Bevor ich Depressionen bekomme, nehme ich den Hinterausgang, ziehe die Reißleine.

Macht das, was ihr schon immer getan habt, gebt mir die Schuld.

Ihr werdet schon merken, dass es euer Egoismus war, der mich in diese Entscheidung getrieben hat. Ich kann nicht für eure Schwächen die Verantwortung alleine übernehmen.

Wenn ich nicht mehr da bin, werdet ihr merken, dass das Leben ohne mich ein anderes ist.

Wehr Dich nicht

Seit Wochen schaukle ich im kühlen Wind
Warte, dass einer mich vom Balken nimmt
Der Hals ist lang, das Gesicht ganz blau
Und das, ich Idiot, nur wegen einer Frau

Warum zweifelst Du und wehrst Dich noch?
Du möchtest zu mir, ich spüre es doch
Quäl Dich nicht in Deinem Kämmerlein
Lass los, das Leben kann Hölle sein

Ich zögere, spüre in der Hand das eiserne Gewicht
Ein greller Blitz, die Kugel zerfetzt mir das Gesicht
Das Haus war weg, im Hirn nur Mief und mieser Duft
Jetzt denkt es wieder, kein Wunder, jetzt hat es Luft

Hast Du gestern nicht gefragt, ob es schön ist bei mir?
Wolltest Du nicht wissen, wie es ist bei mir?
Dann komm, ich bin der Tod, ein guter Freund für Dich
Nimm meine Hand, hab keine Angst, besuche mich

Oh süßer Schlaf, befreit von Fesseln und von Ketten,
Oh Mon Ami, du liebste Röhre, voll mit den Tabletten.
Depressionen, den ganzen Tag nur Weh und Ach
Nun ist's geschafft und ich werd nie mehr wach

Jaaa, sei mein Held und spring über den Rand
Du bist ganz alleine, hast es selbst in der Hand
Du fühlst keinen Schmerz, dann ist es vorbei
Ich lüge nicht, vertraue mir, dann bist Du frei

Es dauert nicht so lange, hat man mir gesagt Wollt
ich nicht wissen, hab nur nach Benzin gefragt Hab
mich damit getränkt, ich, mit nur einem Bein.
Wenn`s übel riecht, werd ich nur noch Asche sein

Na? Mein schwacher Mensch, was hat denn dich gerührt?
Da bist du ja! Und? War ich es, der Dich hat verführt?
Ich... wollte nur Deine Seele, aber was lockte Dich?
Nun bist du hin, nur totes Fleisch, ohne Wert für mich

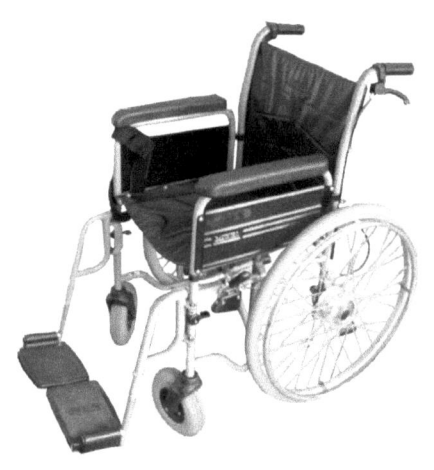

Herrmann mit zwei RR

Das Leben war mühselig und wenig erquicklich geworden. Herrmann mit zwei RR hasste sein Dasein.

Besonders, wenn die Erinnerungen in ihm hochkamen, fühlte er sich erniedrigt, niedergeschlagen.

***

Herrmann fühlte wieder den Sommerwind auf der nackten Haut, wie er ihn im Alter von zehn Jahren gespürt hatte, als er durch die grünen Wiesen im Land Brandenburg unterwegs gewesen war.

Zwei Jahre später zogen seine Eltern mit ihm nach Berlin. Das war ein großes Abenteuer. Die Kinder in der Reichshauptstadt waren ganz anders, als die, die er bisher gekannt hatte. Die waren selbstbewusst und kess. Doch Herrmann hatte schnell gelernt und er war stark, sehr stark sogar.

Bei einem Aufmarsch hatte er den Führer inmitten seiner Heerscharen und Gefolgsleute gesehen. Das hatte ihn gefangen genommen und er trat der HJ bei. Sehr zur Freude seines Vaters. Aber Vater kam 1942 an die Ostfront und tauchte nie wieder auf. Ein Jahr später verteidigte Herrmann sein Vaterland im Westen. Und wieder nahm es ihn gefangen, diesmal die Amis.

Noch immer war Herrmann stark wie ein Bär und startete eine Boxkarriere. Reich wurde er nicht damit, aber satt.

***

Jetzt sah er hinunter auf die großen Hände, die ihn ein Leben lang beschützt und ernährt hatten. Sie lagen kraftlos in seinem Schoß. Weiß – fast durchsichtig - von roten Adern durchzogen und ab und zu zuckten sie, als ob sie auf einer hilflosen Suche nach ihrer ehemaligen Stärke seien.

***

„Das Tier" hatten sie ihn auf der Zeche Hedwig genannt und er war stolz darauf gewesen. Immer, wenn es irgendwo geklemmt oder besonders schwierig wurde, hatten sie nach Herrmann mit zwei RR gerufen. Wo keine Maschine rankam, da packte „das Tier" an.1960 bekam er von der Zechengesellschaft eine große Chance geboten. Unter Anleitung des damaligen Vorstandsmitglieds Ruppert, übernahm Herrmann die der Zeche angegliederte Schrottverwertung. Vielleicht war es auch hilfreich, dass Rupperts Tochter Rosemarie sich in ihn verliebt hatte.

***

In Herrmanns zerfurchtem Gesicht stahl sich für einen Moment etwas von dem Glück, dass er bei dem Gedanken an sie empfand. Es vermischte sich mit dem Sonnenschein, der ihn wärmte. Seine Gedanken glitten ab, zu den Bildern seiner schlanken Frau, wie er sie in seinen mächtigen Armen beim Tanz gehalten hatte. Zugleich durchzuckte ihn die Bitterkeit und Herrmann blickte auf die schlaffen, bewegungsunfähigen Beine hinunter, die wie lästiger Ballast an ihm hingen.

Sie würden niemand mehr tragen, schon gar nicht ihn selbst.

***

Drei Kinder hatten sie gezeugt, zwei Jungen, ein Mädchen. Alles schien wie im Fluge vorbeigegangen zu sein. Die Kinder wurden erwachsen, er tauschte den Schrottplatz gegen einen Baustoffhandel und Herrmann war immer noch stark wie ein Tier.

Die Jungen zogen aus, einer ging nach Amerika, der andere nach Australien. Das Mädchen, Nicole, studierte Theologie, lebte zurückgezogen in einer kleinen Stadt in der Nähe.

Und Herrmann mit zwei RR hatte noch immer Pläne, er war stark für drei Leben.

***

Ja, er hatte Kraft, auch heute noch. Aber die reichte gerade einmal dazu aus, den Rollstuhl auf ebener Strecke vom Heimhaus zum Zaun zu rollen. Zurück musste ihn der Pfleger holen, weil es minimal bergauf ging. Das Personal ließ ihn den ganzen Tag dort unter der Weide am Zaun sitzen und holte ihn erst abends wieder hinein.

***

Rosemarie starb 1987 völlig überraschend an Leberkrebs. Ausgerechnet sie, die nicht geraucht und nicht getrunken hatte. Innerhalb von sechs Wochen war es vorbei.

Und Herrmann das Tier? War hilflos gewesen, hatte ihr nicht beistehen können. Zum ersten Mal hatte er in seinem mächtigen Körper ein Zittern gespürt, sich verletzbar gefühlt, wenn er in ihre großen Augen in dem abgemagerten Gesicht geschaut hatte, die ihm noch immer Mut zusprachen.

Er taumelte, vernachlässigte sein Geschäft und suchte Trost bei den Kindern. Die beiden Jungs bedauerten via Email und Sattelitentelefon. Einzig Nicole schaute öfters bei ihm vorbei.

Aber Herrmann war stark und erholte sich wieder. Er hatte das Knie nur kurz gebeugt, war aber nicht zu Boden gegangen.

***

Der alte Mann lächelte, spielte mit dem leichten Bambusstock und malte dünne Kreise in den Kies.

Der Name, den er versuchte zu schreiben, blieb unvollständig, weil ihn die Kraft verlies.

Der Blick über das flache Tor im Zaun, auf den Kanal, traf auf die Spitze eines Schleppkahns und als Herrmann

116

blinzelte, waren seine Augen feucht. Aber das kam nur von der Sonne.

***

Herrmann war alleine in dem großen Haus gewesen und nach und nach fing er an regelmäßig zu trinken.

Zuerst jeden Abend, dann mittags und zum Schluss schon früh am Morgen.

Seine Kraft war noch immer ungebändigt, machte ihn zunehmend cholerisch, wenn ihn der Schmerz überkam.

Dementsprechend sah es nach einigen Monaten im Haus aus. Überall Trümmer und Chaos.

Herrmann wurde immer unberechenbarer und Nicole besuchte ihn nicht mehr. Ihre Anrufe wurden seltener.

Herrmann mit zwei RR revanchierte sich, indem er ihre Beerdigung ignorierte, nachdem sie sich wegen einer unglücklichen Liebe an der Gasleitung ihrer Wohnung erhängt hatte. Herrmann, das Tier, begann nun in Kneipen und Restaurants zu randalieren, und trotz seines Alters war er noch immer für jeden ein unangenehmer Gegner.

Als er 1998 seine Firma verlor, lachte er nur höhnisch. Er war stark, würde wieder anfangen. Zwei Jahre später wurde die Villa gepfändet.

***

Der Schleppkahn im Kanal war nun fast vollständig vorbei gezogen. Herrmann kniff die Augen erneut zusammen. Die Sonne blendete ihn und die Feuchtigkeit auf den Pupillen ließ die Buchstaben auf dem Kahn in schillernden Farben erscheinen. Der Schriftzug „Rosemarie" zog an Herrmann vorbei. Plötzlich stieg eine wohlige Wärme in ihm auf und jeder Schmerz schien vergessen zu sein.

**

Mit 76 Jahren hatte Herrmann endgültig sein Vermögen durchgebracht und stand auf der Straße. Das machte ihm nichts aus. Er war stark, er war das Tier. Auf dem Bahnhof, im Einkaufzentrum oder am Spätkauf auf der Tankstelle war der alte Stänkerer gefürchtet. Man gab ihm lieber zum Trinken, ehe man sich seinen jähzornigen Attacken aussetzte. Das blieb so, bis man ihn eines Morgens auf seinem Schlafplatz unter der Brücke bewegungslos fand.

Multiple Sklerose lautete die Diagnose.

Der Sozialarbeiter entdeckte den Versicherungsschutz in Herrmanns Unterlagen, der Herrmann mit zwei RR den Aufenthalt in einem einfachen Heim ermöglichte.

Herrmann, das Tier, kämpfte gegen den Entzug, dann gegen die Krankheit. Er gab nicht auf.

Zuerst gebückt, dann sitzend, dann bewegungsunfähig, dann gewindelt, gefüttert und gewaschen.

**

Schweiß war Herrmann am ganzen Körper ausgebrochen. Sein Atem ging schwer. Und vor den Augen tanzten flimmernde Sterne.

Die weißen Hände hatten abgeschürfte Stellen und ein paar Fingernägel waren abgebrochen. Doch der alte Mann merkte davon nichts, er holte tief Luft, drückte den Bambusstock fest auf den gepflasterten Weg, während die andere Hand ein Rad des Rollstuhls umklammerte. Für die ein Meter und fünfzig bis zur Böschung brauchte er dreieinhalb Minuten.

Die Stelle, an der ein Kantenstein fehlte, erleichterte den letzten Teil seines Vorhabens.

Der Wind fuhr ihm durch die dünne Kleidung, Zweige peitschten sein Gesicht und die Wurzeln und Steine schüttelten ihn im Rollstuhl hin und her, als er die Böschung hinunter raste.

Auf dem gemauerten Streifen an der Kanalwand tat es einen Schlag und für einen winzigen Augenblick schien es, als würde Herrmann mit dem Stuhl zur Seite fallen. Doch dann neigte er sich über die Kante, gewann Übergewicht und stürzte auf die nasse Oberfläche zu.

Herrmann mit Stuhl drehte sich im Wasser. Er war verwundert, dass er es tatsächlich geschafft hatte. Er sank im Stuhl sitzend auf den Grund des Kanals. Um ihn herum quollen trübe Schlickwolken auf.

Herrmann legte den Kopf in den Nacken und sah in unendlicher Ferne ein schwaches Licht. Die Sonne durchbrach nur wenige Zentimeter die Wasseroberfläche.

Und dieser kleine Schimmer, da weit über ihm erschien ihm plötzlich so süß, so verlockend, dass ihn eine unendliche Sehnsucht nach Wärme und Leben überkam.

Und der Gedanke wuchs in ihm, dass er nicht aufgeben durfte, *dass er kämpfen musste*, dass er leben wollte.

119

Ein eiserner Ring schnürte seine Brust ein, die quälende Angst presste den letzten Sauerstoff aus der Lunge und die aufkommende Panik ließ ihn die Krankheit vergessen.

Und Herrmann das Tier stand auf dem Grund des Kanals zum ersten Mal seit Jahren wieder aus dem Rollstuhl auf.

Er reckte die Hände nach oben und lächelte. Das letzte, was er dachte war: „Ich bin stark, ich fange noch einmal an!"

Knacki

Gitter am Fenster, an der Tür ein Riegel, auf
dem Urteil aus Papier klebt ein Siegel
Wenig nur Sonne und spärlich das Licht
Es ist egal, ich fürchte euch nicht

Im Bunker gelandet, auf Beton gepennt
Spart euch das, wenn ihr mich kennt
Einkauf gestrichen und nichts zum Rauchen
Ich lass mich nicht von euch gebrauchen

Tätowierung an Armen und auf der Brust
Ich genieß das Leben und euren Frust
Die paar Jahre, was ist schon dabei
Einmal ist es rum und dann bin ich frei

Im Leben geht alles auf und mal nieder
Und vielleicht sehn wir uns wieder
Es kann aber sein, ich find mein Glück
Dann ... kehre ich nie mehr zurück

Ob sie mich lieben oder hassen, einmal
müssen sie mich doch entlassen Doch ihr
mit dem Schlüssel, ihr bleibt hier, denn
lebenslänglich, das habt nur ihr

In proprio reticulo

Auf der riesigen Europakarte steckten kleine, dreieckige Fähnchen in unterschiedlichen Farben. Blau, Rot, Grün, Gelb und eine einzige in Gold. Sie war größer als alle anderen und bei ihr liefen die feinen silbernen Fäden zusammen, mit der alle anderen verbunden waren.

Eine indirekte Beleuchtung warf winzige Schatten über die aufgedruckten Städte, Flüsse und Landschaften. Eingerahmt von deckenhohen Regalen, voll mit Bücher und Ordner, beherrschte sie den Platz über dem schweren Schreibtisch.

Die aufstehende Tür gewährte den Blick auf das parkähnliche Anwesen, in dem sich ein weitläufiger gepflegter Rasen bis hin zu den Zypressen erstreckte. Der leichte Abendwind trug ein wenig Meeresduft von der Küste Livornos in die schlossähnliche Villa, strich über die Tropenholzterrasse und vermischte sich mit den Klängen von Franco Carusos „U lupud'Asprumunti", die der CD-Player abspielte. Nur einem aufmerksamen Beobachter fiele auf, dass der aufwendig gepolsterte Ledersessel kaum merkbar im Takt hin und her schwang und die sternförmig gezackte Narbe zwischen Zeige- und Mittelfinger einer kräftigen Hand auf der Lehne den Rhythmus trommelte

Schemenhaft glitt die dunkle Gestalt durch den Park. Der Rasen verschluckte die Geräusche der eiligen Schritte, als sie auf die nur spärlich beleuchtete Terrasse zueilte. Das Phantom presste sich an die Wand neben der Tür.

***

Angst war sein Startkapital. Angst, die er hatte verbreiten können. Nackte Angst, durch brutale körperliche Gewalt.

Er hatte nichts. Jedenfalls nichts, was alle anderen hatten.

„Apfelfresser! Apfelfresser!" gellte es in seinen Ohren, wenn er in der Pause die drei großen Äpfel aus seiner Schultasche holte. Die anderen Kinder tauschten untereinander Schokolade, Leberwurstbrote oder sonstige Köstlichkeiten. Das konnten sich seine Eltern nicht leisten. Die Kinder waren unerbittlich. Einen Apfel wollte niemand tauschen. Sie lachten ihn aus. Einen Apfelbaum hatte jeder hinter seinem Haus oder man pflückte ihn sich in Nachbars Garten. Manchmal ließen die Kinder etwas von ihrer Pausenmahlzeit liegen und Karl-Heinz nahm es in einen unbeobachteten Augenblick an sich. Das weckte sein Verlangen und er begann fremde Hände zu quetschen, auf Zehen zu treten, Finger zu verdrehen und Ohren zu ziehen. Erst waren es Lebensmittel, dann Kleidungsstücke, dann Freizeitartikel, dann ein paar Groschen Bargeld.

Er wurde älter. Ein großer, hagerer, zäher Junge, zu dem niemand Kontakt suchte. Den man zu keinem Kindergeburtstag einlud und den man nicht fragte, ob er mit ins Kino oder ins Schwimmbad mochte. Mit vierzehn tat er es zum ersten Mal im Auftrag. Ein Mitschüler bot ihm Geld, wenn er es zwei Gymnasiasten besorgte.

Er ließ sich vier Wochen Zeit, bevor er ihnen einzeln auflauerte. Sie waren älter, aber das schreckte ihn nicht. Maskiert und mit einer Eisenstange bewaffnet schlug er sie krankenhausreif. Karl-Heinz hatte seinen Weg gefunden.

Seine ehemaligen Mitschüler büffelten noch für die Berufsschule und fuhren mit der Monatskarte zu ihren Lehrstellen, da schlief Karl-Heinz bis mittags und besaß bereits eine nagelneue Kreidler-Florett. Seine Legende wuchs nahezu täglich. Jede Gewalttat in der Stadt wurde ihm zugeschrieben.

Für die meisten Verdächtigungen hatte er ein Alibi, da er sie tatsächlich nicht begangen hatte und für die eigenen Taten gab es nie Zeugen. Jugendamt, Polizei und Gerichte waren machtlos. Karl-Heinz schwieg beharrlich bei allen Befragungen.

Er schlug und trat sich nach oben. Bekam überall freien Zutritt, genoss kostenlos Getränke und die Wirte steckten ihm Geld zu, wenn sie sagen durften, dass ihr Lokal sein Stammlokal war. Das beeindruckte die übrigen Krakeeler, weil sie fürchteten, dass er auftauchte. Mittlerweile diktierte KarlHeinz mit eiserner Hand in einem Umkreis von 200 Kilometern das Geschehen in Kneipen, Bars und Diskotheken.

Überall dort, wo sein schwarzer Opel Kapitän vorfuhr, machte sich Unsicherheit breit. Ging es um Prestige, legte Karl-Heinz noch sozusagen selbst Hand an. Er zerstörte jede Form von Konkurrenz. Aus vielen seiner Gegner wurden Mitarbeiter, denn er nahm keine Gefälligkeiten mehr entgegen, sondern diktierte Forderungen. Seine Leute

127

besetzten die Türen der Diskotheken und kassierten Schutzgeld in Bordellen und Gastronomie.

Seine Spielwiese wuchs zum Imperium heran und sein Einflussbereich wurde größer. Ohne seine Zustimmung gab es keine lohnende Neueröffnung mehr. Es war ein Akt der Selbstbestätigung, als er die ersten gelben Fähnchen auf die noch kleine Karte in der Zweizimmerwohnung steckte und sie mit einem silbernen Faden verknüpfte. Karl-Heinz bekam ein Problem. Die illegalen Einnahmen mussten legalisiert werden. Er gründete eine Sicherheitsfirma, machte Verträge mit seinen Kunden und wurde Steuerzahler. Das alleine reichte nicht für die Geldwäsche und er beteiligte sich an Spielsalons und bei Automatenaufstellern.

„Hast du nicht alle Latten am Zaun", erregte sich der kleine Rothaarige, „ich werde einen Scheiß tun und dir das „Golden Place" verkaufen!" „Red nicht so mit mir. Mein Angebot ist angemessen." antwortete Karl-Heinz. „Fünfzigtausend! Das ich nicht lache. Du hast wohl seid der Schule nichts dazu gelernt. Das „Golden Place" hat fünf Stockwerke, Junge. Davon zwei Diskotheken, ein Restaurant, eine Büroetage und ein Fitnesscenter.

Das ist locker 'ne Viertelmillion wert. Also mach dich vom Acker mit deinen paar Kröten." „Hör zu! Weil wir zusammen in der Schule waren, leg ich noch etwas drauf. Ich gebe dir fünfundsiebzigtausend cash und für die nächsten fünf Jahre einen Zehnprozentanteil am Gewinn." Der Rothaarige schüttelte belustigt den Kopf „Du hast nichts begriffen, oder? Hier wird nicht gehandelt. In dieser Liga wirst du nichts, auch nicht mit deinem Designeranzug. Es ist wie früher, Apfelfresser."

Karl-Heinz verließ das Büro und wartete bis die brennende Wut sich in kalten Hass verwandelt hatte. Ein paar Tage später organisierte er bei der Verkehrsüberwachung das Blitzerfoto, auf dem man ihn bei einer Geschwindigkeitsübertretung identifizierte. Zur selben Zeit erwischte es den Roten.

Aus der blutenden, zerschlagenen Mundhöhle des Rothaarigen kamen unverständliche Laute. Er winselte um Gnade und bot das „Golden Place" für nur zwanzigtausend an. „Nichts bekommst du Fred, gar nichts!" zischte Karl-Heinz und brach ihm das Schlüsselbein, trat ihm die Kniescheibe raus. „Bitte nicht, bitte", bettelte der Mann auf den Knien. Der Stiefelabsatz ließ das Jochbein splittern, der nächste Fußstoß drückte die Augenhöhle nach innen. Die Hose des Geschlagenen färbte sich dunkel und er fiel auf den Rücken.

„Missgeburt", ohne Mitleid schlug ihm Karl-Heinz zwei-, dreimal mit der Eisenstange auf den Schädel. Der seltsam hohle Ton vom ersten Schlag veränderte sich in ein schmatzendes Geräusch. Das war Karl-Heinz erster Mord. Zu Hause zog er die beiden abgebrochenen Schneidezähne aus seiner Faust und versorgte die Wunde. Ein halbes Jahr später gehörte ihm das „Golden Place". Aufgekauft von der Immobiliengesellschaft, in der seine Interessen vom Wirtschaftsanwalt von Gemmel vertreten wurden.

Karl-Heinz wurde älter, aber nicht weniger hungrig. Zu den gelben Fähnchen kamen rote hinzu. Rot für die Prostitution. Bundesweit bestimmte er mit, wo, wer und wie viel jemand anschaffte. Er führte das Hurenkarussell ein. Die Edelhuren aus den First Class Bordellen und von den De Luxe

Straßenstrichen wechselten nun im Uhrzeigersinn alle drei Monate in den großen Städten Deutschlands.

Karl-Heinz, der ehemalige Apfelfresser, verkehrte in besseren Kreisen, traf Stadträte, kirchliche Würdenträger und Geschäftsleute. Man hofierte ihn und buhlte um seine Investitionen. Karl-Heinz suchte sich die Rosinen heraus und wenn es nicht so verlief wie er es sich vorstellte, war er wieder ganz der Alte.

„Ich liebe dich", hauchte Manuela mit glühenden Lippen in sein Ohr, während er sich in ihr langsam bewegte. Das sagten ihm alle Frauen. Karl-Heinz wusste, dass sie es taten, weil sie sich einen Vorteil erhofften oder Angst hatten. Es war ihm egal, sie waren lediglich dazu da, um ihm Lust und Befriedigung zu verschaffen. Sie waren ein Teil seines Mobiliars.

Aber von Manuela erhoffte er sich, dass sie es aufrichtig meinen würde. Er liebte ihre dunklen Augen, die vollen Brüste und wie sie sich bewegte. Er liebte ihren Humor und ihren Witz. Während sie laut stöhnte und mit enthusiastischen Zuckungen auf ihm dem Ende des wilden Rittes zustrebte, dachte Karl-Heinz an eine gemeinsame Zukunft.

„Fass mich nicht an!" giftete Manuela und „Die ewige Grabscherei nervt!" nur sechs Monate später. Da war sie schon rund gewesen und hatte sich verändert. Sie zog in das Gästezimmer. Dann ertrug sie seine Nähe gar nicht mehr. Bis zur Geburt des Kindes wollte sie weg. Er richtete ihr, in der Hoffnung, dass es nur die Schwangerschaftshormone waren, die sie so veränderten, ein luxuriöses Penthaus ein. Carla Bianca kam viereinhalb Stunden nach dem Einsetzen der Wehen zur Welt. Das runzelige Etwas rührte Karl-Heinz. Zwischen seinen vernarbten groben Händen wirkte sie deplatziert. Er schluckte für einen winzigen Augenblick und fühlte für eine Sekunde, wie zerbrechlich ein Leben ist.

Manuela blieb mit Carla Bianca in ihrem Penthaus. Seine Annäherungsversuche blockte sie ab. Nach und nach wurden ihre Forderungen unverschämter und ihr Verhalten ihm gegenüber wurde aufsässiger. Manuela schob ihre sexuelle Unlust auf die Geburt und damit indirekt ihm zu. Karl-Heinz ertrug alles mit Gleichmut. Er kaufte ihr eine Boutique, einen Beauty-Salon und beschäftigte eine Zugehfrau und ein Kindermädchen.

Zehn Monate nach der Geburt kam Karl-Heinz dahinter, dass Manuela sich bereits seit über einem halben Jahr von einem jungen Barkeeper regelmäßig durchvögeln ließ. Manchmal sogar von ihm und einem seiner Kollegen gleichzeitig. Diesmal war es kein Blitzfoto der Verkehrspolizei, sondern das Sitzungsprotokoll einer Zyprischen Bank, das ihm ein Alibi gab. Manuela steckte schon drei Wochen mit gebrochenen Armen und Beinen, ausgestochenen Augen und herausgeschnittener Zunge im Schlick, bevor man sie fand. Sie hatte es zum Schluss nicht leicht gehabt.

Wie auch der Barkeeper und sein Kumpel, die vier Monate später auf dem Nachhauseweg von einer Party bei einem Unfall ums Leben kamen. Sie hatten in dem brennenden Auto verzweifelt um ihr Leben gekämpft, wie die Obduktion ergab, aber die Türen des Fahrzeugs ließen sich nach dem

Unfall nicht mehr öffnen. Zu der Zeit des Unglücks kreuzte Karl-Heinz mit seiner Yacht vor der Côte d'Azur, wie das Logbuch bewies und die Crew bestätigte.

Die beiden Toten passten in eine Reihe von mehr als zwanzig Todesfällen in über zwei Jahrzehnten, die eindeutig die Handschrift von Karl-Heinz trugen, wenn man sie hätte zuordnen können. Dinge, die ihn persönlich betrafen, regelte Karl-Heinz noch immer selbst. Es war nur der Moment einer Überlegung, ob Carla Bianca ihrer Mutter folgen sollte. Ein Reflex, dem Hass folgend, den er sofort löschte, als das Kind sich an ihn schmiegte.

Sie sollte es gut haben. Er begann, ihre Zukunft zu planen und zu organisieren. Gott sei Dank gingen seine Kontakte inzwischen bis in die Regierungsebene. Das ermöglichte Carla Bianca eine neue Identität. Weit weg von ihm. Man werde sie nicht mit ihm in Verbindung bringen können. Mit neuen Papieren wurde Carla Bianca die Tochter eines vermögenden italienischen Industriellen.

Schon längst hatte die Karte eine neue Dimension bekommen und hing an der Wand des Büros in der protzigen Stadtresidenz. Das Netz aus Fäden war dichter geworden und die Farbe Grün für den Drogenhandel hatte sich mit dem vorhandenen Gelbrot für Schutzgeld und Prostitution vermischt.

Der Mauerfall in Berlin und der Krieg in Jugoslawien erweiterte das Farbenspiel auf der Landkarte um die Farbe Blau. Karl-Heinz beteiligte sich nicht nur am Deal von NVABeständen mit der Türkei und israelischen

Waffenlieferungen für den Konflikt am Balkan, er verdiente auch an der Ausrüstung für afghanische Aufständische mit.

Carla Bianca war zehn Jahre alt und besuchte eine internationale Schule in den Vereinigten Staaten von Amerika, als die Abkehr der US Regierung von Saddam Hussein die Kuwaitkrise beschleunigte. Das brachte Karl-Heinz in die Schusslinie der internationalen Ermittlungen, woraufhin er sich in sein Chalet in die Schweiz zurückzog. Es kostete ihn einige Millionen an Parteispenden und Einzahlungen auf Fremdkonten in Malta, Zypern und Réunion. Ein paar politische Bauernopfer in den Parteien und personelle Verschiebungen im außendiplomatischen Dienst tilgten seinen Namen aus den Überwachungsprotokollen.

Jedoch signalisierte man ihm von hoher Stelle unmissverständlich, dass er sich auf das nationale Terrain beschränken soll, da sei er ein gern gesehener Partner. Die Angelegenheit wäre vom Tisch gewesen, wenn nicht ein besonders hartnäckiger Journalist eine Verbindung von dem Waffenhandel zu dem kleinen Apfelfresser gefunden hätte.

Der Pressemann endete in einer Tonne mit Öl, in der man ihn Stück für Stück frittiert hatte. Karl-Heinz befand sich zur Tatzeit in seinem Privatjet auf dem Flug zum Ferienhaus am Tafelberg. Den Absturz über Namibia überlebte keiner der 25 Insassen.

***

133

Fred Scottis „Tarantella Guappa" vermischte sich in der Dämmerung mit dem Gesang der Zikaden. Das Phantom auf der Terrasse machte keine Geräusche, als es das Zimmer betrat. „Gut. Sehr gut sogar, Julius, " der lederne Sessel schwang herum, „fast hättest du es geschafft. Aber was habe ich dir beigebracht? Ein Wolf schläft nie, er ruht nur! Wir werden das Sicherheitspersonal wohl austauschen, was mein Junge?"

Das Lächeln des alten Mannes war warm. Die Hand mit der sternförmigen Narbe zeigte auf den edel bestückten Barwagen. „Gieß dir was ein und nimm die dämliche Mütze ab." „Der Sicherheitscheck war nötig", antwortete der dunkelgekleidete Mann ohne auf die Worte zu reagieren, "wie hast du mich entdeckt?" „Wie lange bist du jetzt bei mir? Zwölf Jahre?" Oder länger? Du kennst mich doch. Immer ein Ass im Ärmel."

Der Alte deutete mit einem Kopfnicken in Richtung Regal, wo erst bei genauem Hinsehen die kleine Antenne ins Auge fiel. „Infrarot und Wärmesensoren", grinste er, während er einen Teil der Armlehne verschob. Ein kleiner Bildschirm, sowie ein winziger Joystick wurden sichtbar. „Davon weiß keiner etwas. Der Monteur ist leider verunfallt." Sein Lächeln erreichte die Augen nicht. „Clever, absolut clever!" Julius nickte, „zeichnest du auch auf?" „Nein, Junge, wozu? Wer die Hürde schafft, den leg ich ganz offiziell als Einbrecher um!" Der harte Glanz in seinen Augen bekam eine Spur von Zuneigung. „Und? Bist du aufgeregt wegen der Hochzeit"? Julius lehnte sich an die Schreibtischkante und schien die Freude des Alten nicht zu bemerken.

„Junge, nu lach mal. In drei Tagen heiratest du Carla Bianca, nächste Woche sind wir beim Notar und ich mache dich zu einem mächtigen, reichen Mann und in einem halben Jahr bin ich Opa." Sein breites Lachen erstarb, als Julius die Strickmütze von seinen roten Locken zog. Der Alte runzelte die Stirn „Sag mal, hast du einen Knall? Was ist das für eine rote Matte, wo sind deine schwarzen Haare?"

„So sehe ich normalerweise aus, wenn ich meine Haare nicht schwarz färbe." Julius zog eine Waffe und begann einen Schalldämpfer aufzuschrauben. „Lass deine Hände auf den Armlehnen. Versuche erst gar nicht, an die Glock zu kommen!"

„Lass den Quatsch, die Übung ist vorbei!" Die Stimme des Alten hatte einen metallischen Klang, als er aus dem Sessel hochkam. Die Pistole seines Gegenübers ruckte in seine Richtung, blaffte kurz und trocken. Das Projektil durchdrang die Bauchdecke des Weißhaarigen, zerriss die Gedärme und blieb an der Wirbelsäule stecken. Er wurde zurück in den Sessel geschleudert, fasste an die Wunde und starrte fassungslos zu dem Schützen „Julius ... wieso?"

Der Schütze zog sich die rote Perücke vom Kopf. „Ich heiße nicht Julius. Mein Name ist Robert Hesinger. Du erinnerst dich an Fred Hesinger? Der mit dem „Golden Place"? Das war mein Vater. Sie wollten heiraten. Mutter hat mich in der Psychiatrie geboren, nachdem man ihn gefunden hatte. Da warst du noch nicht Carlos Brusali, sondern Karl-Heinz Bottiger."

Robert Hesinger schoss Karl-Heinz in den Unterleib. „Mieses Arschloch, sie kriegen dich!" presste Karl-Heinz

135

hasserfüllt hervor. „Quatsch, ich bin gerade bei einer Pokerrunde in Warschau", Robert Hesinger blieb teilnahmslos. „Ich habe für dich Drogendeals durchgezogen, geraubt, bestraft und gemordet. Alles nur für diesen Tag."

Karl-Heinz wischte sich mit der blutigen Hand mühsam den Schweiß von der Stirn. „Wieso heute?", seine Stimme zitterte vor Schmerzen. „Weil ich dich in all den Jahren zum ersten Mal glücklich sehe." „Aber Carla ...!" Robert schoss Karl-Heinz in das linke Schultergelenk. "Der Schlampe wird nichts gehören. Alles wird beschlagnahmt werden. Morgen gehen der Staatsanwaltschaft und den Medien sämtliche Daten, Namen und Verbindungen zu." „Das Kind ..."

„Den rothaarigen Bastard wird die Hure alleine großziehen. Sie wird dich hassen, wenn alle erfahren, dass Carlos Brusali nicht der Vater war, sondern Karl-Heinz Bottinger, der Verbrecher. Man wird sie verachten."

Karl-Heinz Augen bekamen einen feuchten Glanz. Robert betrachtete ihn ungerührt „Ich werde sie im Auge behalten. Geht sie arbeiteten, sorge ich dafür, dass sie fliegt. Wegen mir wird sie nur in den letzten Löchern hausen. Wie man das macht, hast du mir ja beigebracht.

Auch das wird sie erfahren, genauso wie die Kröte von Kind auch. Vielleicht töte ich sie oder beide eines Tages, vielleicht mache ich einen nur zum Krüppel." Tränen lösten sich und rannen über die Wangen von Karl-Heinz. „Jetzt", sagte Robert, „jetzt bist du soweit." Er schoss ihm eine Kugel in den Kopf, setzte die Waffe im Genick auf und drückte noch einmal ab.

Robert beugte sich hinüber zur Karte und zog die goldene Fahne heraus. Das Gespinst aus roten, gelben, blauen und grünen Garn fiel in sich zusammen und blieb kraftlos hängen.

An der Tür zum Park drehte er sich noch einmal um: „Apfelfresser!"

Schwein

Da sitzt du auf dem Rücksitz der Limousine
Guckst aus dem Fenster und suchst ne Cousine
Fettig und strähnig, das Haar voll Pomade hässlich
und grinsend, charmant wie ´ne Made

Du suchst im Net, manchmal im Café
Lockst sie mit Kohle und auch mal mit Schnee
Dein Gesicht ist so rot und völlig verschwitzt
Denkst du nur dran, wann du sie besitzt

Heiß auf Lolitas, willst nur mal schaun
So schleichst du Schwein dich in ihr Vertraun
Du willst sie schmecken, du willst sie fühlen
Um deine Geilheit an ihnen zu kühlen

Und steigt sie ein, schließlich in deinen Wagen
Hörst du nicht auf ihre Sorgen und Klagen
Du hast bezahlt und du forderst dein Recht
Dass es Kinder sind, interessiert dich nicht

Tränen glitzern im fahlen Licht
Dich lieben, nein, das wollten sie nicht. Du
bist kein Freund, denn du bist ein Schwein
Willst nur ihr Sugar-Daddy sein.

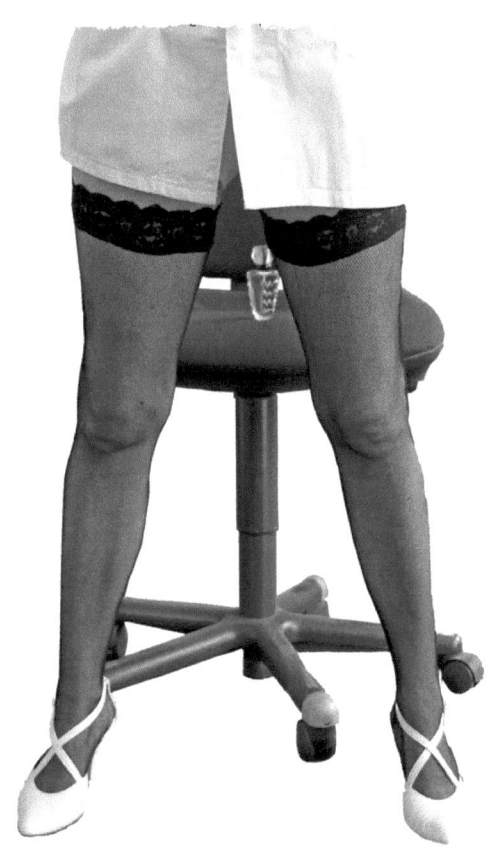

Abgelosed

Friedhelm Sikorias sitzt am Schreibtisch in dem kleinen überfüllten, unordentlichen Büro. An der Wand ein Schild "Rauchen verboten". Er starrt auf den Brief in seinen Händen, hustet kurz und trocken. Im Aschenbecher verqualmt eine Zigarette.

„Verdammte Blutsauger. Zu viele Diebstähle! Aufklärungsquote! Ha!"

Der müde Blick geht über die überfüllten Ablagen, den fleckigen Kalender an der Wand, wo mit unterschiedlichen Farben die Urlaubstage der Mitarbeiter der Parfümerie eingetragen sind. Neben der quälend langsam tickenden Uhr an der Wand, direkt über dem Fenster zum Verkaufsraum, hängen kreuz und quer die Tagessonderpreise der letzten Jahre. Tausendmal hat Sikorias die schon gesehen, er nimmt sie nicht mehr wahr. Auch nicht die Unordnung der herumstehenden Getränkedosen, Zeitschriften und die Schuhe, die nicht mehr in den eisernen Spind passten.

Sikorias greift in ein Fach im Schreibtisch und holt eine Flasche Cognac heraus.

***

Laura Förster geht auf das Einkaufscenter zu. Ihre blonden Haare reichen über die Schultern. Laura steckt in einem etwas zu großen Parka. Die Absätze ihrer weißen Stiefel klackern auf dem Asphalt. In ihren Ohren die Kopfhörer des MP 3 Players, aus dem ihr die Gesangsversuche Lady Gagas in die Gehörgänge dröhnen.

Laura bleibt für einen Moment stehen, studiert die Informationstafel am Eingang. Sie wippt leicht in den Hüften und ein paar Bauarbeiter sehen zu ihr hin, pfeifen. Aber Laura bekommt davon nichts mit.

***

Sikorias hat sich Cognac in ein Glas geschüttet und nippt daran. Er wirft den Brief auf den Schreibtisch, auf dem der Briefkopf der Parfümerie prangt.

Sehr geehrter Herr Sikorias …

„Leckt mich am Arsch. Wenn ich die paar Penunsen nicht so dringend für das Auto bräuchte, könntet ihr euch den Job sonst wo hinschieben …"

Sikorias greift mit zittrigen Fingern zu der Schachtel und steckt eine weitere Zigarette an.

….. verweisen wir auf vertraglich vereinbarte Aufklärungsquote, die im Vergleich zu den in unserem Haus begangenen Ladendiebstählen …

„Nur weil Else mit ihrem Scheiß – MS im Rollstuhl sitzt, muss ich hier den Bückmann machen. Als ob es nicht größeres Leid gibt, wie eure paar Verluste, ihr Sklaventreiber!"

142

.... erreichen sie auch im dritten Quartal nicht die ausgelobte Erfolgsprämie.

Sikorias trinkt sein Glas in einem Zug leer, drückt die Zigarette aus. Mit einer aufflackernden Energieleistung zerknüllt er den Brief, lässt ihn achtlos auf die Erde fallen, besinnt sich, hebt ihn auf, streicht ihn glatt und schiebt ihn in die Innentasche seines Jacketts. Dann starrt Sikorias auf den Überwachungsbildschirm.

... gegebenenfalls den Vertrag nicht verlängern ...

„Na los dann, nu kommt mal klauen, damit ich meine Quote erreiche."

***

Laura schlendert durch die Gänge der Parfümerie „Colors & Scents". Noch immer lässt sie sich mit Popmusik aus ihrem MP 3 Player beschallen. Sie nimmt hier ein Angebot in die Hand, vergleicht dort die Preise. Laura hat es nicht eilig, ihre Verabredung hat noch Zeit.

***

Sikorias starrt auf den Bildschirm. Er hustet. Im Aschenbecher qualmt eine Zigarette. Der Husten tut weh in der Brust. Wasser schießt Sikorias in die Augen. Seine gelben Finger krallen sich an der Schreibtischkante fest. Für einen Moment ist der Wunsch da, alles hin zu schmeißen und sich im Liegestuhl, zu Hause auf dem Balkon, auszustrecken und nie mehr aufstehen zu müssen. Dann ist der Anfall vorbei

143

und Sikorias konzentriert sich wieder auf den Bildschirm, erfasst das blonde Mädchen im Parka mit dem MP 3 Player. Bingo, das ist eine. Er kennt diesen Gang, die auffällige Unauffälligkeit, diese gespielte Naivität. Die wollen nur eins…

„Na komm schon, Kleine, was hast du dir ausgesucht? Nimm´s dir schon."

Sikorias kriecht fast in den Monitor hinein. Laura scheint sich für einen teuren Flakon entschieden zu haben. Sie dreht ihn herum, sieht auf das Preisschild. Der Flakon wechselt von einer Hand in die andere. Sie stellt den Glasbehälter ein Stück weiter in die falsche Regalreihe zurück

Sikorias greift wieder zur Zigarette, nimmt einen Zug. Ein Lächeln umspielt seine Mundwinkel, seine Augen bekommen Leben – die Ratte schnuppert am Käse.

Laura beobachtet unauffällig den Verkaufsraum, dreht sich mit dem Rücken zur Kamera, geht ein Stück den Gang hinunter, kommt wieder zurück.

Sikorias zieht aufgeregt an der Zigarette, bekommt erneut einen Hustenanfall. Es schüttelt ihn durch und die Zigarette fällt zu Boden. Rasch bückt er sich danach, hebt sie auf und drückt sie aus, während er wieder den Bildschirm beobachtet.

Auf dem Bildschirm ist Laura nun an der Kasse zu sehen. Sie hat eine einfache Lotion für 99 Cent in der Hand. Ein Blick von Sikorias in das Regal zeigt ihm, dass der Flakon nicht mehr da ist.

„Du kleine miese Elster! Aber nicht mit dem Meister."

***

Laura hat sich in die Schlange an der Kasse eingereiht. Sie hält die "Lotion" in ihren Händen. Während vor ihr die Frau im karierten Mantel bezahlt, haut ihr von hinten die Dicke ihren Ellenbogen in den Rücken. Laura dreht sich um, sieht sie an. Noch immer die Musik in den Ohren sieht Laura in die herausfordernde Miene der Dicken, deren Mund ein provozierendes „WAS?" formt. Laura zieht den Kopfhörer ab, um etwas zu erwidern, da taucht neben der Dicken ein alter Kerl mit bleicher, ungesunder Gesichtsfarbe auf.

Bestimmt ihr Mann, der ihr unbedingt beistehen muss, sonst kriegt er heute Abend nicht sein Bier. „Arme Sau" denkt Laura und dreht sich resigniert wieder um, bezahlt ihre Lotion. Sie ist fast am Ausgang, als sie den Griff am Ellenbogen spürt. Laura sieht in das alte Gesicht des Mannes von der Dicken. „Ist der denn bescheuert?" Laura versucht sich von dem Griff zu befreien.

***

Friedhelm Sikorias hat das blonde Mädchen kurz vor dem Eingang erwischt, hält sie fest.

„Augenblickchen Frolleinchen. Würden sie mich bitte ins Büro begleiten!"

Die Dicke sieht hämisch grinsend herüber. Laura begreift die Zusammenhänge nicht.

„Lassen sie los! Bringen sie lieber ihrer Alten mal Benehmen bei!"

„Nu mach keinen großen Aufstand. Komm mit und wir reden in Ruhe darüber."

145

Sikorias spricht mit gedämpfter Stimme, während er Laura am Ärmel zieht. Die sieht sich für einen Moment hilfeheischend um, aber weder die Kassiererin, noch die Frau im karierten Mantel reagieren. Nur die Dicke meldet sich zu Wort.

„Hausfrauen bedrohen und klauen, das haben wir gerne. Pack!"

Laura hat keine Chance, Sikorias schiebt sie durch den Laden. Peinlich. Von überall Blicke, Tuscheln, Fingerzeigen. Der alte Mann ist dicht hinter Laura, hält Körperkontakt. Da taucht eine Tür neben dem kleinen Fenster auf. Drei Stufen hoch. Büro.

***

Der Raum mieft nach schlechter Luft, Zigarettenqualm und Alkohol.

Laura fühlt sich noch unwohler als vorher, kauert sich auf einen Hocker, den Parker fest um sich geschlungen und sieht auf den Boden.

Sikorias sitzt ihr gegenüber auf der Schreibtischkante, die Beine von sich gespreizt. Die nikotingelben Finger hat er ineinander verschränkt. Er betrachte sie mit der wissenden Miene eines TV-Bullen. Das sind sie, die Jugendlichen mit der großen Schnauze, die ihn jedes Mal auslachen, wenn er aus dem Fenster seiner Plattenbauwohnung brüllt, um endlich Ruhe zu bekommen. Die junge Generation, die ihn lachend und johlend überholt, wenn er seine Frau im Rollstuhl schiebt und die ihm Angst und Schrecken einjagen, wenn sie mit ihren Fahrrädern im Einkaufszentrum haarscharf an ihm vorbeirasen, während er die Tüten mit dem Einkauf zum Auto schleppt. Er sieht auf das Häufchen Elend, da auf dem

Hocker. Wie alt wird sie sein? Schwer zu schätzen, mit dem Makeup und dem Lippenstift. Vielleicht vierzehn oder fünfzehn. Nichts ist damit, die Jungs mit dem Parfüm verrückt zu machen, die Tour hat er ihr vermasselt. Sikorias denkt an seine Quote. Seine Stimme trieft vor Selbstgefälligkeit.

„Mach schon Mädchen. Pack aus. Ich habs auf Video, dass du geklaut hast. Komm schon, mach´s uns nicht so schwer."

Laura schüttelt den Kopf, nur ein trockenes Schluchzen ist von ihr zu hören. Ihre Schultern zucken. Sie glaubt doch wohl nicht, ihn alten Fuchs, damit weich klopfen zu können. Sikorias beugt sich vor, fasst sie an die Schulter.

„Das zieht bei mir nicht. Gibs auf. Ich muss das der Polizei melden, die werden dich durchsuchen."

Laura sieht zu ihm hoch. Die Augen sind feucht, hängen verzweifelt an seinem Gesicht. Die roten Lippen zittern leicht, öffnen sich ein wenig. Lauras Stimme ist nur ein Krächzen.

„Bitte nicht ..."

Sikorias schüttelt den Kopf. Eine Unmutsfalte bildet sich zwischen den Augenbrauen. Seine Hand packt den Parker, schüttelt sie. .

„Lass die Fisimatenten. Also los jetzt, wo ist der Flakon?"

Laura ist verwirrt.

„Aber was wollen sie denn? Ich hab nichts? Ich wollte nur die Lotion ..."

Sikorias lässt sie los und dreht sich ärgerlich zum Telefon. Was bildet sich die Göre ein. Sie hat es mit einem Profi zu tun. Hunderte solcher Fälle hat er schon durchgezogen. Er wird ihr eine Lektion erteilen.

„Ja, ja, immer dieselbe Leier. Dann eben die Polizei."

Sikorias nimmt den Telefonhörer ab. Hinter ihm ertönt ein dumpfes Geräusch. Als er sich herumdreht, liegt Laura regungslos neben dem Hocker. Sikorias legt den Hörer wieder auf. Das sieht nicht gut aus.

„Mädchen, was machste denn? Was ist denn?"

Er bückt sich hinunter, um das Mädchen aufzuheben. Der Parker fällt auseinander. Der Rock des Mädchens ist hoch gerutscht, sehr weit hoch, Sikorskis Blick bleibt einen Moment zu lange auf den leicht gebräunten, nackten Oberschenkeln, auf denen sich kleine blonde Härchen zeigen. Sikorskias Mund steht offen, wird trocken. Die Brüste unter dem knappen Top scheinen viel zu schwer für die zierliche Gestalt zu sein, die sich ein wenig bewegt. Sikorias fängt sich. Die Göre, könnte seine Enkelin sein.

Unbeholfen versucht er Laura aufzuhelfen. Noch halb in der Besinnungslosigkeit legt sie den Arm vertrauensvoll um seinen Hals, schmiegt sich hilflos an und lässt sich auf den Hocker setzen. Jetzt kommt sie zu sich. Laura öffnet die Augen.

„Danke ... Wasser ..."

Sikorias blickt nervös zur Bürotür, dann wieder auf das Mädchen, dann auf die Wasserflasche und schüttet ihr

Wasser in das Glas, aus dem er vorher getrunken hatte. Seine Hände sind feucht und der Puls ist beschleunigt.

„Hier, trink erst mal. Mensch was machst du denn für Sachen? Was ist denn mit dir?"

Laura richtet sich ein wenig auf. Sie schlägt die Beine übereinander und lehnt sich gegen den Aktenschrank.

„Es geht schon wieder. Danke. Aber die Aufregung und der Hunger ..."

„Was? Der Hunger? Willst du etwa sagen, dass du nichts zu essen hast? So siehst du aber nicht aus."

Laura lächelt beschämt, senkt den Kopf, zieht den kurzen Rock minimal hinunter und auch das Top

„Ach, es geht schon. Aber im Moment ist es gerade nicht so gut ... Und gestohlen habe ich wirklich nicht."

Laura steht auf, tritt vor Sikorias und hebt die Arme. Ihre Brüste berühren ihn fast in Bauchhöhe. Laura stellt ihre Beine ein wenig auseinander und sieht ihn von unter her hilflos an.

„Sie können mich ja durchsuchen, wenn sie wollen."

Sikorias kann kaum ausweichen. Spürt ihren Atem, riecht ihren Schweiß. Er ... Oh Gott, wie lange hat er schon nicht mehr so empfunden.

„Nein, nein, das darf ich nicht. Deshalb muss ich ja die Polizei holen."

Laura legt eine Hand auf Sikorias Schulter und lehnt ihren Kopf an seine Brust. Sie schluchzt.

„Bitte nicht ... vielleicht meine Mama?"

Mann, Sikorias, was sollst du bloß machen. Die Kleine ist nicht so frech und provozierend wie die anderen. Vielleicht geht mal 'ne Ausnahme. Aber nee, denk an deine Quote. Er

149

drängt sie sanft auf den Hocker zurück, grübelt einen Augenblick nach, beobachtet sie aus den Augenwinkeln. Vielleicht hat sie ja wirklich nicht, … wenn sie nicht hat, dann wäre der Trubel auch nicht gut für seine Bewertung, … aber wenn sie hat, dann … Aber was ist, wenn nicht …

Eine Träne rollt über das Gesicht von Laura. Sie sieht zu Boden.

„Also gut. Pass mal auf. Wenn ich jetzt deine Mutter erreichen kann und die dich hier abholt, dann können wir dich gemeinsam durchsuchen. Wenn du nichts dabei hast, dann lass ich euch gehen. Wenn der Flakon aber in deinem Parker ist, rufe ich die Polizei."

Laura schluckt schwer. Nickt aber dann zögerlich. In ihren Augen liegt Hoffnung.

„Jaaa … gut."

Sie schreibt eine Telefonnummer auf einen Zettel und gibt ihn Sikorias.

„Schön. Du ziehst jetzt den Parker zur Beweissicherung aus und wir hängen ihn hier an die Garderobe. Ist das oke für dich?"

Laura nickt und zieht den Parker aus. Nur im Mini und Top beginnt sie leicht zu frösteln. Sie schlingt ihre Arme um den Oberkörper und bleibt zitternd stehen.

Sikorias hängt den Parker in Sichtweite und holt aus einem eisernen Spind einen weißen Kittel der Parfümerie.

„Hier, dann ist es nicht ganz so frisch."

Laura zwängt sich in den Kittel, der ihr an der Brust und am Hintern deutlich zu knapp ist. Sikorias zwingt sich nicht hin zu sehen. Verdammt, was mach ich hier bloß, ich sollte die

Bullen rufen. Aber stattdessen holt er aus einer Aktentasche eine Plastikdose in der ein belegtes Brötchen ist.

„Iss erstmal was."

Er gießt er noch einmal Wasser nach. Während Laura das Brötchen isst, greift Sikorias zum Telefonhörer, wählt die Nummer.

„Claudia Förster"

„Sikorias mein Name. Erschrecken sie bitte nicht, ich bin Detektiv in der Parfümerie "Colors &Scents"......"

„Ja und? Was wollen sie?"

Sikorias sieht auf Laura, die einen kleinen Schluck Wasser trinkt und ihn dankbar anblickt. Das Brötchen hat sie verschlungen. Sie versucht ein schüchternes Lächeln.

„Frau Förster ... einen Augenblick. Ich habe hier ihre Tochter ... also hier im Büro ... Wegen Ladendiebstahl ..."

„Was ist? Laura? Das ist ja ungeheuerlich. Ich glaub es ja nicht, aber wenn das stimmt, diese kleine Mistgöre ... wie ist die Adresse, sagten sie?"

Sikorias hört die Aufregung aus der Stimme am anderen Ende deutlich heraus. Das Mädchen bekommt die Worte mit, bei der Lautstärke. In ihren Augen erwacht Panik. Sikorski, auf was hast du dich da eingelassen.

„Ruhig! Wir werden das schon klären. Kommen sie erst einmal her. Bismarckallee 88 - 90, in der Parfümerie "Colors & Scents"."

„Ach, das Einkaufscenter. Da bin ich nicht weit weg. In spätestens 15 Minuten bin ich da ... und lassen sie das Früchtchen nicht laufen."

„Keine Sorge und ..."

Ein Klicken im Hörer sagt ihm, dass Claudia Förster schon aufgelegt hat. Hoffentlich beruhigt die sich, bis sie im Büro ist. Er sieht auf die Kleine in dem dünnen Kittel, fühlt aufkommendes Mitleid.

„Mann, die ist aber geladen. Na, ein Bonbon?"

Sikorias hält Laura eine Tüte hin. Laura nickt und greift hinein. Die Uhr an der Wand zeigt 13.58 Uhr.

***

Claudia Förster wirft die Tür ihres Mini-Van zu und läuft zum Eingang des Einkaufscenters. Ihr Gesicht ist angespannt. Die Dreißigjährige in dem eleganten Kostüm ist wütend.

***

Die Uhr im Büro zeigt 14.17 Uhr. Die leere Brötchendose steht auf dem Schreibtisch. Laura tupft sich mit einem Taschentuch die Augen. Sikorias sieht auf die Uhr, tickert mit einem Bleistift auf die Schreibtischplatte und raucht. Die Atmosphäre ist eher erwartungsvoll als angespannt. Laura lächelt vertraut zu Sikorias hinüber.

Auf dem Bildschirm eilt Claudia Förster durch den Laden auf das Büro zu. Sikorias drückt die Zigarette aus und steht auf.

Es klopft kurz und sofort wird die Tür aufgestoßen. Claudia Förster stürmt in das Büro, sieht sich um, stutzt einen Moment, dann geht sie auf ihre Tochter los.

„Ich wird dir helfen zu klauen … was hab ich dir immer gesagt?"

Sie versucht Laura eine Ohrfeige zu verpassen, aber Sikorias wirft sich dazwischen.

„Ganz ruhig, ganz ruhig. Das können sie später zu Hause klären. Hier bitte keine Handgreiflichkeiten in meinem Büro..."

„Sie haben gut reden, ihre Tochter hat ja nicht geklaut."

„Frau Förster, jetzt erst mal Ruhe."

Lauras dünne Stimme mischt sich in den Streit ein.

„Mama, ich hab nicht geklaut."

Sie steht jetzt am Schrank, zieht den Kittel hin und her, sieht ihre Mutter an.

„Wie siehst du überhaupt aus? Wer hat dich denn verkleidet?"

Sikorias nimmt den Parka vom Haken. Den Fall werden sie jetzt gleich klären. Er liegt ja klar auf der Hand. Und in drei Gottes Namen, sollen sie doch abhauen. Er wird ihnen zeigen, dass man ihm kein X für ein U vormachen kann und raus hier. Wer weiß, wie die Alte zu Hause zu der Kleinen ist und warum die ihre Finger lang gemacht hat. Die Quote schafft er auch ohne den Scheiß hier. Aber jetzt erst einmal zurück zum Geschäft, zur Routine, um zu zeigen, das er Bescheid weiß. Das reicht ihm.

„Einen Moment! Laura, würdest du bitte deiner Mutter bestätigen, dass niemand an den Taschen deines Parkas war!" Laura nickt bestätigend ihrer Mutter zu.

„Würden sie jetzt wohl den Inhalt der Taschen hier auf den Tisch legen."

Claudia Förster beginnt die Taschen zu leeren und allerhand Teenagerkram kommt zum Vorschein - aber kein Flakon. Sikorias selbst wendet jetzt die Taschen des Parkas nach außen. Er dreht sich fassungslos zu Laura zu. Die Förster sieht Sikorias lauernd an.

„Was denn jetzt. Wollen sie jetzt auch noch eine Leibesvisitation vornehmen?"

Sikorias starrt Laura in ihrer engen, knappen Bekleidung an und zuckt verlegen mit den Achseln.

„Was ist hier eigentlich los? Meine Tochter soll gestohlen haben? Und ich finde sie hier im Büro in einem hautengen Kittel? Laura?"

Laura schält sich aus dem Kittel, dreht sich herum, streckt den Hintern heraus Dann nimmt sie ihren Parka und zieht ihn lässig über. Sie wirft die blonden Haare aufreizend nach hinten, ihr Top wippt auf und ab.

„Ich weiß ja auch nicht, Mama. Der Mann hat mich von der Kasse weggeholt, als ich mir Lotion kaufen wollte."

Sikorias will etwas sagen, aber er bekommt keinen Ton heraus. Alles rauscht in seinem Kopf, indem kein klarer Gedanke Platz findet. Dann nickt er zustimmend und presst die Lippen zusammen. Aber Laura erzählt weiter, ihre Stimme ist nicht mehr so dünn, sondern hat einen gefährlichen Unterton bekommen.

„... Dann musste ich mich hier im Büro auf den Hocker setzen..."

Claudia Förster sieht Sikorias misstrauisch an. Der nickt wieder. Das Rauschen in seinem Kopf lässt langsam nach, dafür breitet sich eine entsetzliche Lehre aus.

154

„... und als ich geweint habe, hat er mich angefasst ...“

So langsam dämmert Sikorias, auf was das hinausläuft. Ich Idiot, diese kleine ...! Claudia Försters Gesichtsausdruck wird lauernd.

„Weiter Laura, erzähl weiter!“

„... da hab ich vor Angst nichts sagen können. Dann hat er mich so geschüttelt, dass ich vom Hocker gefallen bin ...“

„Also, das sind ja Methoden ...“

Er muss sich wehren. Sikorias kann es nicht noch weiter aus dem Ruder laufen lassen.

„Aber ich wollte nicht...hab nicht ...“

Claudia Försters Hand fährt energisch durch die Luft. Die Bewegung lässt Sikorias verstummen.

"... er hat gesagt, wenn ich nicht mitmachen würde, dann ruft er die Polizei. ich musste den Parker aus- und den Kittel da anziehen ...“

Das reicht. Nichts von dem hat er beabsichtigt oder überhaupt daran gedacht. Vielleicht gedacht, aber auch nur einen kurzen Augenblick, als sie so da lag ...

„Wo soll das denn heißen? Sie glauben doch wohl nicht ...“

In Claudia Försters Gesicht spiegelt sich die ganze Wut und Empörung wieder. Sie hat die Miene eines Staatsanwaltes angenommen. Ihre Stimme ist so scharf wie die Klinge eines Skalpells.

„Ruhe. Das ist ja wohl das Letzte, was sie hier versucht haben. Das Kind ist erst dreizehn!“

Auch Du großer Scheiß, Sikorias, auch das noch. Wie willst du aus der Nummer wieder rauskommen.

„Ich ...“

155

„... ich musste auch etwas aus dem Glas da trinken...“

Claudia Förster riecht an dem Glas und verzieht angewidert das Gesicht, riecht dann in Sikorias Richtung, zeigt auf das Glas. Sikorias versteht nicht sogleich, glaubt die Mutter etwas, er hat das Wasser vergiftet?

„Das riecht nach Alkohol! Wollten sie mein Kind gefügig machen? Sagen sie mal ... haben sie auch eine Fahne? Sie seltsamer Detektiv?“

Sikorias fällt auf den Bürostuhl. Das Herz rast, die Beine sind seltsam weich. Um ihn herum scheint sich der Raum mit Watte zu füllen. Lauras Stimme dringt nur ganz sanft hindurch. Man könnte meinen sie singt.

„... Und immer hat er so komisch geguckt, auf meine Beine und so. Er hat mich auch an sich gedrückt.“

Mit zitterndem Finger zeigt sie auf die dunkle Stelle auf seinem Hemd, wo sich ein wenig Lippenstift abzeichnet. Das muss passiert sein, als sie sich ausgeweint hat, Sikorias. Du Profi, du alter ausgeschlafener Hund.

„... aber ich hab mich gewehrt. Da hat er wohl Angst bekommen und fing wieder mit dem Ladendiebstahl an.“

Claudia Förster sieht auf den fassungslosen Sikorias. Die Stimme von Laura wird nun fester und bestimmter. Sikorias, sie hat dich in den Sack gesteckt, an die Wand gefahren, diese kleine Göre.

„... weil er wohl genau wusste, dass ich nichts geklaut habe, konnte er die Polizei nicht rufen und wollte mich wegschicken.“

Sikorias springt auf. Das reicht. Es ist klar, nicht die Mutter ist die Schlampe, sondern dieses kleine Miststück. Wer weiß, was die sonst noch so für Dinger verzapft. Wie konnte er nur so blind gewesen sein?

„Also ... das ist doch ...“

Er kommt nicht weit. Claudia Förster schubst Sikorias auf den Stuhl zurück. Los alter Mann, benutz Deinen Verstand, deine Logik, Klär die Sache auf. Fakt eins, Fakt zwei, Fakt ... und jetzt auch noch diese Stiche im Brustkorb.

„... sie verdreht vollkommen die Tatsachen.“

„Ach ja? Lassen wir sie doch mal zu Ende erzählen.“

Eine neue Tonlage hat sich in Lauras Stimme gemischt. Sie ist ketzerisch geworden. So muss die Anklage in der Inquisition geklungen haben. Sikorias, was ist los? Tu was. Aber da ist dieses Zimmer, das sich zu bewegen scheint.

„... aber ich habe darauf bestanden, dass du herkommst. Wer weiß, was er sich sonst noch alles ausdenkt. Da wurde er auf einmal ganz friedlich und hat mir Brötchen und Bonbons aufgedrängt.“

Das ist Beweis für Claudia Förster, sie greift zum Telefon.

„Ich glaube, wir sind jetzt dran, die Polizei zu holen.“

Sikorias drückt aufgeregt auf ein paar Knöpfe auf seinem Schreibtisch. Fahrig zittern die Finger über die Tastatur. Zum Glück findet er seine Stimme wieder. Beweislage, Sikorias, Indizien.

„Ich hab hier die Aufnahme, die ihre Tochter beim Diebstahl zeigt. Holen sie also nur die Polizei.“

Wie gebannt starren die drei auf den Monitor. Laura in selbstsicherer Pose und mit Schmollmund, ihre Mutter wie der leibhaftige Racheengel und Sikorias wie der Deliquent vor der Guillotine.

Auf dem Bildschirm nimmt Laura einen teuren Flakon aus dem Regal. Sie dreht ihn herum, sieht auf das Preisschild, stellt den Flakon in das falsche Regal.

Auf dem Bildschirm ist gut zu sehen, wie Laura unauffällig den Verkaufsraum beobachtet und sich mit dem Rücken zur Kamera dreht.

Was jetzt kommt, ist für Sikorias neu, das war der Moment mit seinem Hustenanfall und der verlorenen Zigarette.

Während er sich nach der Zigarette bückte, schiebt sich auf dem Bildschirm eine Frau im karierten Mantel in das Bild und verdeckt die kleine Diebin. Jetzt hast du sie, Sikorias, du bist noch der alte Fuchs. Die Frau geht vorbei, die blonden Haare, der Parka kommen wieder zum Vorschein. Vorne im Regal ist ein freier Platz, anstelle des Flakons.

Claudia Förster zieht die Augenbrauen hoch.

„Das ist alles? Daraufhin bezichtigen sie meine Tochter des Diebstahls? Oder sind das die Gelegenheiten, bei denen sie ihre sexuellen Wünsche befriedigen wollen. Wie viele Kinder sind ihnen denn hier schon auf den Leim gegangen...?"

Sikorias Gesicht nimmt eine bläuliche Färbung an. Der Atem geht kurz.

„WAS? Wo soll denn der Flakon sonst sein, wenn nicht bei ihr?"

Laura schmollt mit dem Mund, ganz Lolita. Sieht ihn an wie den berühmten Sugardady.

„Den habe ich dann auf dem Weg zur Kasse in ein anderes Regal gestellt, weil ich nicht genug Geld mit hatte."

Sikorias, was ist los mit dir. Sag was! Claudia Förster seziert weiter, ihre Schlussfolgerungen kommen präzise und sind vernichtend.

„Vielleicht hat ihn ja auch der ehrenwerte Detektiv eingesteckt und sucht nur einen Sündenbock. Vielleicht sollten wir die Polizei rufen und ihn durchsuchen lassen."

Der Schmollmund der Dreizehnjährigen öffnet sich, ihre Stimme ist quengelig.

„Mir ist schlecht..."

Sikorias bewegt sich nicht auf seinem Bürostuhl. Er ist wie paralysiert. Was ist los Mann, war das so, wie du behauptest oder wie die beiden Weibsstücke das hinstellen. Sikorias, hau dazwischen. Oder hast du dem Kind doch Unrecht getan? Ist sie jetzt nur verzweifelt? Los, Sikorias, tu was. Gib es zu, dass du dich geirrt hast. Wenn da nur nicht die Hitze im Inneren wäre und immer noch die Müdigkeit in den Beinen. Erneut peitscht die Stimme der Anklägerin durch die Watte.

„Ich glaube, wir gehen jetzt, bevor ich die Beherrschung verliere. Eine Anzeige können wir immer noch machen."

Claudia Förster öffnet die Bürotür und schiebt Laura hinaus. Bevor sie die Tür schließt, wirft sie noch einen Blick auf den leblosen Sikorias auf dem Bürostuhl.

***

Sikorias öffnet das Fenster zum Parkplatz und atmet tief ein. Auf dem Gang unten sieht er Mutter und Tochter Förster. Ihre Stimmen klingen bis zu ihm hoch.

159

„Laura, wie blöde bist du eigentlich? Wie oft hab ich dir gesagt: Achte auf die Kameras".

„Kommt auch nicht wieder vor Mama. Ich pass jetzt besser auf. Versprochen!"

„Gut, dass wenigstens die Übergabe im Laden geklappt hat. Die kommenden Monate brauchen wir nicht mehr in das Center gehen. Das ist deine Schuld. Für die nächsten zwei Wochen ist Disco erst einmal gestrichen..."

„Ach Mensch, Mama ...."

Die beiden Gestalten entfernen sich. Sikorias sackt am Fenster zusammen.

***

Claudia Förster öffnet die Heckklappe ihres Mini-Van und entnimmt ihm einen karierten Mantel, den sie überzieht.

Aus den extra eingenähten, übergroßen Innentaschen zieht sie den Flakon und einige andere Artikel, packt alles in den Mini-Van.

Lauras Stimme klingt ein wenig nörgelig.

„... kann ich nicht doch am Samstag ..."

„Wer nicht hören will, muss fühlen! Erziehung muss sein. Und jetzt steig ein."

Mutter und Tochter steigen in den Mini-Van, der Motor wird gestartet. Während der Wagen vom Parkplatz fährt, ertönt in der Ferne die Sirene eines Notarztwagens.

Was ist was

Wo ist der Sinn
Wo geht es hin
Wo liegt die Wahrheit
Wo ist die Klarheit

Wer hat den Mut
Wer ist böse oder gut
Wer wird bestehen
Wer wird vergehen

Fragen, ach so viele Fragen
Wer kann die Antwort sagen?

Wie entstehen Träume
Wie leiden Bäume
Wie lebt die Kreatur
Wie stirbt die Natur

Was wird noch werden
Was passiert auf Erden
Was ist das Spiel
Was ist dein Ziel?

Fragen, ach so viele Fragen
Wer kann die Antwort sagen

Ständig nach vorne, ständig mehr raffen
Wo geht es hin, was willst du schaffen
Immer nur sehnen, immer nur hoffen
Ewig hasten, doch das Ende bleibt offen

Halt ein, für einen Augenblick
Im Moment, da liegt das Glück

Hols Stöckchen

Die langen schwarzen Haare Coras kitzelten Thorsten am Ohr. Er langte hinüber und streichelte sie hinter dem Ohr. Cora drehte sich zu ihm, ihre Zunge erwischte ihn am Hals.

Thorsten lachte glücklich, konzentrierte sich auf die Fahrbahn.

Die belgische Schäferhündin wandte sich ab und schob ihre Schnauze wieder durch den engen Spalt zwischen Fenster und Türholm, um im scharfen Fahrtwind zu hecheln.

Er griff rechts in die Ablage, fand die Zigaretten und das Feuerzeug. Mit einer Hand schob er eine Lulle zwischen seine Lippen, um sie mit dem Zippo anzuzünden. Routine.

Tom Waits sang „Jersey Girl" und die Sonne wärmte durch die Windschutzscheibe. Perfekt, sagte sich Thorsten, es ist doch noch ein guter Tag, nach dem Theater von vorhin.

An der Ampel am Einkaufsmarkt musste er bei Rot anhalten. Cora zog den Kopf zurück, fiepte kurz und stieß ihn an. Ihr ging es nicht schnell genug, sie fieberte darauf, in den Wald zu kommen.

Thorstens Blick ging nach rechts zum Beifahrersitz.

Leine, Hundecracker, Mütze, Bürste und, verdammt, wo war der scheiß Ball? Eine Unmutsfalte grub sich über seiner Nasenwurzel in die Stirn. Er könnte hier wenden und zurück fahren, bloß drei Kilometer. Cora und er hatten immer noch den ganzen Vormittag.

Aber Thorsten hatte keinen Bock darauf, Vanessa so schnell wieder zu sehen.

***

„Der Mistköter geht dir über alles!", hatte sie geschrien, "An welcher Stelle komm ich überhaupt?"

Mit dem Mistköter hatte sie sich sofort disqualifiziert. Blöde Kuh. Thorsten kannte sie erst seit drei Monaten und schon stellte sie Ansprüche. So zum Beispiel heute Morgen, als sie verlangt hatte, dass er mit ihr ins Shoppingcenter fahren sollte.

Der Samstagvormittag gehörte seit vier Jahren Cora. Ihr gemeinsamer Waldspaziergang war ein Ritual. Die Hündin saß bereits Minuten vor der Abfahrt aufgeregt vor der Tür. Sie wusste, dass sie jetzt dran war.

Thorsten hätte Vanessa am liebsten gesagt, dass sie ihn kreuzweise könnte, doch dann sah er sie mit ihren langen Beinen, dem knappen Top und den blonden Haaren in der Küchentür stehen. Die engen Jeans betonten ihre Hüften und ihr Gesicht war vor Wut gerötet.

„Verdammt", dachte er und begnügte sich mit einem unverfänglichen Schnauben, drehte sich herum und verließ mit Cora die Wohnung.

Der Abgang war vielleicht mickrig, aber mit ein bisschen Fantasie konnte er ein wenig Größe mit hinein interpretieren.

Seine Laune hob sich sofort, als Cora um ihn herumsprang und es nicht erwarten konnte, dass er die Tür des Geländewagens öffnete.

***

Grün. Nicht wenden. Geradeaus. Irgendetwas würde sich schon im Wald finden, mit dem er Cora beschäftigen konnte.

Weiter die Straße hinunter, raus aus Wohnvierteln. Endlich frei. Cora wurde nervös, sie fiepte auf der Rückbank. Ihr Instinkt sagte ihr, dass es gleich soweit war. Thorsten schüttelte den Kopf, er würde nie verstehen, wieso sie genau wusste, wann der kleine Parkplatz nah war.

Sie stiegen aus. Thorsten sah sich um. Hier und da noch ein paar Spaziergänger, darum leinte er Cora an. Er kannte die Pappenheimer, die so viel Wert auf Gesetz und Ordnung legten. Dafür hatte er seinen Geheimplatz. Hinter der Schonung quer durch den Wald bis zum alten Steinbruch. An dem schmalen Stieg konnte er Cora von der Leine lassen. Da tauchte kein Förster auf und normale Spaziergänger schon gar nicht. Der Steinbruch lag seit zig Jahren verlassen und war nur schwer zu erreichen. Aber er hatte ihn für sich und seine Hündin entdeckt.

Wie jedes Mal zerrte Cora an der Leine, sah ihn drängelnd an, weil es ihr nicht schnell genug ging. Am Weg hinunter leinte er sie vorsichtshalber ab. Er kannte zwar jeden Zweig und Stein hier, aber ohne den Hund an der Leine fühlte er sich sicherer.

167

Cora raste den Pfad dermaßen hinab, dass es ihm den Hals abschnürte und er, wie jeden Samstag, Angst bekam, dass sie abstürze. Auch heute ging es gut und sie bellte vom Grund des Kessels ungeduldig zu ihm hoch.

Unten angekommen setzte Thorsten sich wie immer auf den Felsbrocken, der einem Stuhl ähnelte und zündete sich eine Zigarette an. Cora schnürte von links nach rechts, als ob sie die Welt hier zum ersten Mal erkundete.

Vanessa, dachte Thorsten, „dieses miese egoistische Stück. Sie machte ihn fertig. Mehr und mehr verlor er seine Freiheit.

Aber, verdammt, er war ihr mit Haut und Haaren verfallen. Ihre Stimme fuhr ihm immer noch unter die Haut, wenn sie nur wollte. Eine Trennung auf die übliche Art kam da nicht in Frage. Bei klarem Verstand konnte er nicht loslassen.

Thorsten lachte bitter. Er sollte sie am besten umlegen, damit er Ruhe vor ihr hätte. Einfach erwürgen. Nein, das brächte er nicht fertig. Von vorne würde er in ihr Engelsgesicht sehen und von hinten röche er ihr Haar, beides würde ihn wieder schwach machen.

Am besten vergiftete er sie. Mit ihrem Schlummertrunk, dieser dämlichen Tasse Kakao. Sie würde einschlafen, vielleicht ein bisschen röcheln, was er nicht mitbekäme, weil er vor dem Fernseher säße. Wenn sie erst einmal tot ist, wird es nicht so schlimm sie zu zerteilen und jeden Samstag ein Stück mit in den Steinbruch nehmen.

Cora bellte. Thorsten fuhr zusammen. Mein Gott, wo hatte ihn seine Fantasie nur hingeführt. Sofort überkam ihn ein schlechtes Gewissen und er beschloss vom Einkaufszentrum ein paar Blumen für Vanessa mit zu nehmen.

Wieder bellte Cora. Sie stand circa zehn Meter von ihm entfernt, den Rumpf leicht vorne abgesenkt, das Hinterteil in die Luft und wedelte mit dem Schwanz.

Er sollte jetzt wie jeden Samstag den Ball gegen die steil aufragende Wand in ihrem Rücken werfen, damit der unkontrolliert in verschiedene Richtungen abspränge. Coras Stimme war vor freudiger Erregung heiser, ihre Zähne blitzen und die Augen funkelten. Aber der scheiß Ball war ja nicht da.

Thorsten sah sich um. Nichts. Er hatte vergessen etwas auf dem Weg nach hier mit zu nehmen. Er lief ein paar Schritte zu den Bäumen und Büschen, die sich in den Jahren langsam ihr Terrain zurückerobert hatten. Cora bellte. Dann fand Thorsten einen unterarmstarken trockenen Ast. Er hob ihn auf, wog ihn in der Hand. Das war schon ein anders Gewicht, als der Ball. Seine Augen suchten ein Ziel. Und los!

Das Stück Ast beschrieb einen hohen Bogen und verschwand hinter der Buschreihe. Thorsten war enttäuscht, der Wurf war nicht so weit gelungen, wie er sich das vorgestellt hatte.

Cora kam schwanzwedelnd zurück, legt ihm das Aststück vor die Füße, tänzelte zurück, bellte erneut.

Thorsten bückte sich, sah sich um. Diesmal flog das Stück Holz ein paar Meter weiter bis zwischen die beiden Birken.

Während Cora hinterher stürmte, spähte Thorsten nach einem neuen Ziel aus, sah die alte eingefallene Hütte, die sich ein Stück den Hang hinunter zwischen die Bäume des beginnenden Waldes presste. Wenn er es schaffte bis dorthin zu werfen, wäre Cora länger damit beschäftigt, das Holz zu finden.

Als sie ihm das Spielzeug zurückbrachte, täuschte er ein paar Mal in verschiedene Richtungen an. Doch Cora kannte seine Tricks, ließ sich nicht in die Irre führen.

Jetzt holte Thorsten aus, legte alle Kraft in den Wurf. Im selben Augenblick, als das Holz seine Hand verließ, fühlte er den stechenden Schmerz im Schultergelenk. Mist, ein wenig mehr Fitness würde ihm gut tun.

Weit flog das Aststück den Hang hinunter, traf auf das teilweise eingefallene Dach der Hütte, hielt sich einen Augenblick, bis es über den First auf die rückwärtige Seite hinunterfiel.

Cora raste wie ein schwarzer Derwisch hinunter.

***

Thorsten befingerte seine Schulter. Der Schmerz war nun pochend. Bestimmt wieder etwas mit der Gelenkpfanne. Er hätte es wissen müssen. Scheiße. Eine alte Schwäche, die er vom Handballspielen zurückbehalten hatte. Vorsichtig hob er den Arm, senkte ihn wieder. Aua!

Was war das? Hatte Cora da geheult. Er hob den Blick, sah hinunter zur Hütte.

„Cora!"

Nichts zu sehen, nichts regte sich.

„Cora!"

Das war ungewöhnlich. Seitdem sie regelmäßig die Hundeschule besucht hatten, gehorchte sie gut. Thorsten lauschte.

Aber der Wind blies von ihm weg zur Hütte hinunter.

„Cora!"

Er wurde nervös. War ihr etwas passiert? War sie in ein Loch gestürzt. Thorsten machte sich an den Abstieg. Es dauerte ein paar Minuten, bis er an der Hütte war.

„Cora!"

Noch immer nichts. Er schob einen Balken beiseite, ging um die Hütte herum und erstarrte.

Ungläubig sah er auf den Mädchenkörper. Vielleicht 10 oder 12 Jahre alt. An ihrem Hals klaffte eine große Wunde, das Blut glitzerte feucht. Auf ihrem Brustkorb lag der Ast, den Thorsten geworfen hatte. Plötzlich hinter ihm ein Geräusch.

„Cora!"

Thorsten fuhr herum. Die Gestalt in der blauen Arbeitskleidung war gut einen Kopf größer als er. Von der Machete in seiner Rechten tropfte es rot herab. Hinter dem Mörder lag Cora im Gras und sah Thorsten mit leblosen Augen vorwurfsvoll an. Aus ihrem Fell sicherte es dunkelrot.

„Cora", flüsterte Thorsten tränenerstickt.

Der Riese war mit zwei Schritten bei Thorsten.

„Mist, warum habe ich denn bloß nicht diesen scheiß Ball von zu Hause geholt", war kurioser Weise das letzte, das Thorsten dachte, bevor ihm die Machte den Hals auftrennte.

171

Gauner

Bin ein Jäger, streif durch die Nacht
Habe für Geld schon fast alles gemacht
Habe gestohlen, wenn's mir gefällt
Und Mädels auf die Straße gestellt

Geld eingetrieben, ich war dabei
Beim Zocken verloren, war einerlei
Geraubt, geprügelt bis die Erde gebebt
Das ganze Dasein auf der Klinge gelebt

Mit der Kanone in der Hand
Mit dem Rücken an der Wand
Lebe so, Tag für Tag
Ohne Reue bis ins Grab

Ich ward gesucht und ward verhasst
Einmal haben sie mich doch gefasst
Zusammen gesessen, bei Wasser und Brot
Geteilt die Kippen, geteilt die Not

Zurück ins Leben, zurück zum Start
Das Leben ist kurz, das Leben ist hart
Kann nicht anders, kehre zurück
Denn auf der Straße, da liegt mein Glück

Mit der Kanone in der Hand
Mit dem Rücken an der Wand
Lebe so, Tag für Tag
Ohne Reue bis ins Grab

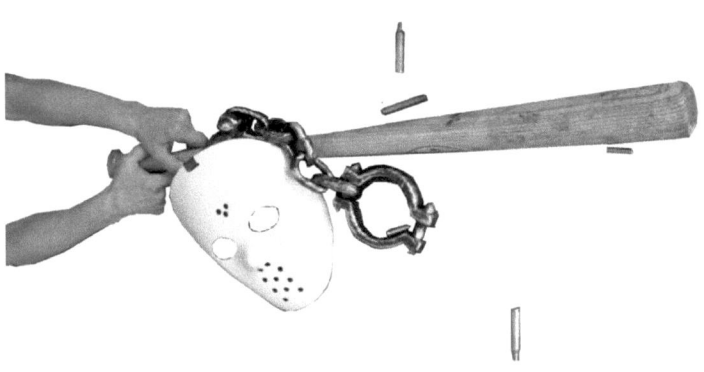

Wir sind alle nur auf verschiedenen Wegen
zu ein und demselben Ziel unterwegs -
dem Ende unseres Lebens.

Lothar Berg

Beachten Sie bitte die nächsten Seiten

Der Autor Lothar Berg wurde 1951 an der Ruhr geboren.

Er lebt und arbeitet in Berlin.

Seine Veröffentlichungen befassen sich zumeist mit Alltagscharaktere, den menschlichen Schicksalen und den Abgründen des menschlichen Daseins. Seine Kurzgeschichten, Romane und Poesie sind ein ständiger Drahtseilakt zwischen **Drama und Komödie.** Die Werke zeichnet die ehrliche, authentische und brachiale Sprache aus, die keinen Zweifel an den Absichten der Protagonisten zulässt.

Lothar Berg verbindet seine Lebenserfahrung, seine eigenen Erlebnisse mit Fiktion und dominiert durch Authentizität, die seinen Werken Glaubhaftigkeit verleiht.

„In jedem von uns steckt das Potential zu einem Verbrecher,
wir sind alle gleich, nur …..
die Bösen tun das, wovon die Guten träumen." (Lothar Berg)

177

www.lotharberg.de

Lothar Berg Youtube

178

www.alterdrecksack.de

Alter Drecksack Youtube

179

Lothar Berg

DER KILLER - CODE

THRILLER

ISBN 978-3-752624-625
Im Buchhandel und Online

180

Lothar Berg

MIGRANT
...und nun?

Das Leben des Alexander
„Sascha" D.

ANTHEA
VERLAG

Biographie

ISBN 978-3-89998-332-6

Verlag – Buchhandel - Online

Lothar Berg / Carlo Feber

Breslauer Platz

CAFÉ BRESLAU

Ein heißes ganz Ding

ISBN 978-3-7528-3756-8

Im Buchhandel und Online

182

Lothar Berg

Sozialismus Skinhead Sumo

Das Leben des Alexander Czerwinski

ISBN 978-3-752624-724
Im Buchhandel und Online

LOTHAR BERG

COOL
EIN GANZ NORMALER ARBEITSTAG

Kriminalroman

ISBN 978-3-752624-793
Im Buchhandel und Online

184

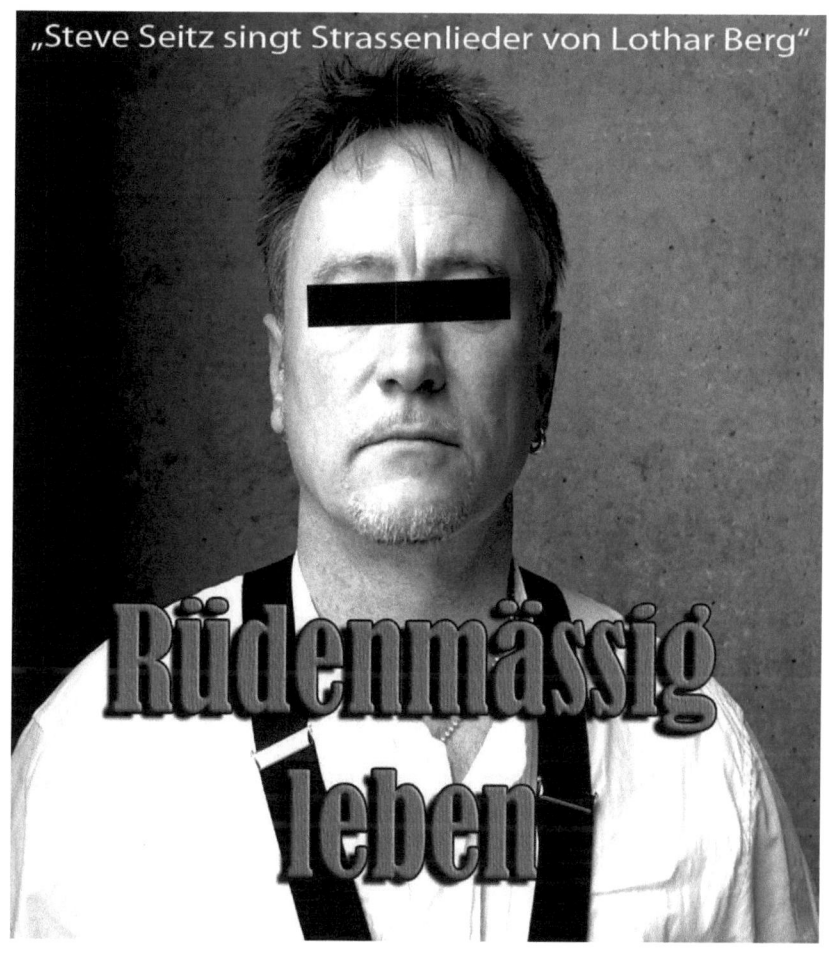

„Steve Seitz singt Strassenlieder von Lothar Berg"

Rüdenmässig leben

Steve Seitz singt Straßenlieder von Lothar Berg

2011 resonator records Best Nr. 3006   LC 24760

https://itunes.apple.com/de/album/steve-
seitzstrassenlieder/id469588189

185